Gabriele Beyerlein

Der Schatz von Atlantis

Mit Illustrationen von

Kathrin Treuber

Thienemann

Für Wolfgang, Christian und Brigitte

1

Die ganze Woche habe ich es geschafft, nicht an die Flötenstunde zu denken, fast jedenfalls. Aber jetzt ist Donnerstagnachmittag, und Donnerstagnachmittag muss ich in die Musikschule.

Sonst macht mir das nichts aus. Obwohl ich viel lieber Schlagzeug lernen würde als Blockflöte, aber meine Eltern sagen, ein Schlagzeug ist teuer und bevor sie mir eines anschaffen, wollen sie sehen, ob ich überhaupt ein Jahr Musikunterricht durchhalte. »Durchhalte«, wie das schon klingt! Wenn ich ein Schlagzeug hätte, würde ich jeden Tag üben, so viel ist sicher. Vielleicht bekomme ich eines zum Geburtstag.

Letzte Woche hat Tim mich gesehen, als ich mit den anderen aus der Flötenstunde kam: vier Mädchen und ich. Kann ich doch nichts dafür, dass ich der einzige Junge in der Gruppe bin. Obwohl, blöd sieht das schon aus. Und als Tim dann so gegrinst hat und gesagt: »Flötenstunde, Mädchenstunde«, da habe ich geantwortet: »Hast du eine Ahnung, was ich hier für Sachen mache!« Natürlich hat er dann wissen wollen, was für Sachen, und mir ist so schnell nichts eingefallen und ich habe mit den Schultern gezuckt und gesagt: »Wirst schon sehen!« Und weil mir immer noch nichts eingefallen war, habe ich bei einem Fahrrad, das vor der Musikschule stand, die Ventile rausgedreht und in den Gully geworfen. Tim hat das gut gefunden und wie verrückt gelacht. Aber der große Junge mit dem roten Drachen auf der Jacke nicht. Dem gehört nämlich das Fahrrad und der kam ausgerechnet in diesem Augenblick aus der Musikschule.

Tim und ich sind weggelaufen. Aber der Junge hat uns gesehen. Was mache ich, wenn er mich wieder erkennt?

Er ist mindestens drei Jahre älter als ich. Und einen ganzen Kopf größer. Und er sieht aus, als ob er Sport macht. Vielleicht sogar Judo. Oder Karate.

Er hat auch Donnerstagnachmittag Musikschule.

Wenn ich die Ventile wenigstens nur auf den Gehsteig geworfen hätte und nicht in den Gully!

Vielleicht rufe ich die Flötenlehrerin an und sage, ich bin krank. Halsweh habe ich sowieso schon.

Doch Claudia blockiert seit Stunden das Telefon. So ist das mit großen Schwestern, wenn sie verknallt sind. Ich könnte sie ja bitten, kurz aufzuhören. Aber sie soll bloß nicht denken, ich rede wieder mit ihr. Das tu ich nämlich nicht mehr. Wegen Felix, meinem Kater.

Da frage ich ja noch lieber meinen Bruder, ob er zufällig Lust hat, mich zur Musikschule zu begleiten. Thorsten ist fünfzehn und noch größer als dieser Junge.

Aus seinem Zimmer kommen so Geräusche: Ballern und Schießen und Kreischen. Das ist sein neuestes Computerspiel. Plötzlich schreit Thorsten: »Scheiße!« Jetzt ist er tot.

Wahrscheinlich ist seine Laune da gerade nicht am allerbesten. Aber die ist sowieso nie gut, jedenfalls nicht, wenn ich etwas von ihm will.

Schnell mache ich seine Tür auf. »Thorsten«, beginne ich, »würdest du vielleicht mit mir zur Musikschule gehen, da ist nämlich …«

»Bist du ein Baby, oder was?«, fragt Thorsten und startet mit einem neuen Leben. Auf dem Monitor ist ein dunkler Gang. Von Thorsten, ich meine von seinem Helden, sieht man nicht mehr als den rechten Arm mit der Pistole in der Hand.

»Verschwinde«, sagt Thorsten, »das Spiel hier ist nichts für Kinder.«

Na ja, hätte ich mir denken können, dass Thorsten mich nicht begleitet.

Claudia telefoniert immer noch.

Ich nehme meine Jeansjacke und die Flötentasche und gehe los.

Draußen regnet es. Ich halte mir die Tasche über den Kopf und renne. Bis zu der Ecke, von der aus man die Musikschule sieht. Hier halte ich vorsichtshalber erst mal an.

Da steht er, der Junge. Genau im Eingang.

An dem komme ich nicht vorbei, ohne dass er mich sieht, so viel ist sicher.

Ein paar Kinder gehen aus der Schule weg in die andere Richtung. Sonst ist kein Mensch da.

Wäre ich nicht so spät dran, könnte ich hier auf die Mädchen aus meiner Gruppe warten und mit ihnen reingehen. Warum ist mir das nicht eher eingefallen!

Ich ziehe mich hinter die Hausecke zurück. Inzwischen regnet es nicht mehr, es schüttet. Meine Turnschuhe sind schon ganz durchweicht.

Wenn der Junge auch um drei Unterricht hat, muss er

doch längst reingehen. Ich schaue um die Ecke. Sehe die Jacke mit dem roten Drachen. Verdrücke mich wieder.

Der Wind peitscht mir den Regen ins Gesicht. Es ist schrecklich kalt.

Der Junge steht immer noch im Eingang unter dem Dach. Er wird nicht nass.

Jetzt ist es schon zehn nach drei. Da kann ich sowieso nicht mehr in die Flötenstunde, die haben längst ohne mich angefangen, und geübt habe ich auch nicht. Ich muss eben nächstes Mal sagen, ich bin krank gewesen, zu krank, um anzurufen. Wenn der Junge nicht wieder auf mich wartet …

Ich drehe um und laufe zurück. Ich renne richtig, trotzdem friert mich. Vor der Haustür fällt mir ein, dass ich noch nicht ins Haus kann, falls Claudia auf die Uhr schaut und an meine Flötenstunde denkt. Vielleicht rächt sie sich ja dafür, dass ich nicht mehr mit ihr rede, und sagt Papa, dass ich nicht in der Flötenstunde war. Und Papa soll jedenfalls nichts davon erfahren. Wegen dem Durchhalten und dem Schlagzeug. Und überhaupt. Weil es ziemlich unangenehm werden kann, wenn Papa schimpft.

Ich gehe an unserem Haus vorbei und biege in die nächste Straße ein. Bei Meiers sitzt wieder die schwarze Katze hinter dem Flurfenster und schaut heraus. Sehr vornehm hat sie die Vorderpfoten nebeneinander gestellt und schaut mich reglos an, wie eine Porzellankatze. Oder wie eine Göttin. Die Ägypter früher haben geglaubt, die Katzen seien heilig, es gab sogar eine Göttin in Katzengestalt, Bastet hieß die, ich kenne mich aus mit den Ägyptern, ich habe mal ein Buch gelesen über die Pyramiden und die Pharaonen und so, und da stand das von der Katzengöttin,

und wie die Katze von Meiers da im Fenster sitzt und so unbeweglich schaut, da finde ich, sie haben Recht gehabt, die alten Ägypter.

Ich gehe hin und tippe mit dem Zeigefinger gegen die Glasscheibe. Da schlägt die Katze mit ihrer Pfote aus, als wolle sie meinen Finger durch das Glas fangen. Dann, damit ich nicht denke, sie hätte mit mir gespielt, leckt sie sich ausgiebig ihre Pfote, setzt sich wieder elegant zurecht und tut, als würde sie mich nicht sehen. Ich würde sie gerne kraulen, an der Kehle auf ihrem weißen Fleck.

Mein Felix hat auch einen weißen Fleck gehabt. Und ein schwarzes Fell. Nur kleiner war er, auch wenn er ein Kater war, aber eben ein sehr junger. Er konnte einen wunderschönen Buckel machen. Und seinen Schwanz fangen. Und im Luftsprung nach Sonnenstrahlen jagen. Wenn ich ihn im Arm gehalten habe und er ganz laut geschnurrt hat und mich mit seiner kühlen Schnauze ins Gesicht gestupst, dann war ich ungefähr der glücklichste Junge auf der ganzen Welt. Es hat mir fast nichts ausgemacht, dass Mama nicht da war, wenn ich aus der Schule kam, weil sie jetzt auch nachmittags arbeitet und nicht mehr nur vormittags. Weil sie mit einer Halbtagsstelle nicht Abteilungsleiterin werden kann, hat sie gesagt, und weil große Kinder große Ansprüche haben.

Ich habe keine Ansprüche, nur Felix, sonst nichts. Felix habe ich lieb gehabt, lieber als alles.

Ich habe ihn ja immer noch lieb. Aber er ist nicht mehr bei uns. Und daran ist Claudia schuld.

Meine Schwester ist nämlich krank geworden, ihre Augen waren rot, dauernd sind ihr die Tränen gelaufen und die Nase, und nachts hat sie uns alle wachgehustet. Meine Mutter hat Claudia von Arzt zu Arzt geschickt, und dann hat einer behauptet, dass Claudia eine Katzen-Allergie hat und dass sie wegen Felix krank geworden ist. Ich glaube das nicht, ich bin ja auch nicht von Felix krank geworden, und Felix war schon Monate bei uns, bevor das angefangen hat mit Claudias roten Augen und ihrem Husten und allem, und daran sieht man doch schon, dass es nichts mit Felix zu tun hat. Aber Papa hat Felix in irgendein Tierheim gebracht.

Mir haben meine Eltern es erst gesagt, als es schon geschehen war. Sonst hätte ich das nie zugelassen. Ich hätte mich vor das Auto gestellt, sodass Papa nicht hätte losfahren können. Oder ich hätte Felix versteckt. Oder –

Ach, ich weiß auch nicht.

Ich habe Papa gesagt, dass er das nicht hätte tun dürfen.

Weil Felix in einem Tierheim unglücklich ist. Er konnte nichts anderes machen, hat Papa behauptet, weil Claudia so schrecklich krank war und es für sie so gefährlich war, dass sie keinen Tag länger mit Felix unter einem Dach leben durfte, und weil so schnell keine Familie für Felix zu finden war, und Felix kommt bestimmt wieder zu einer Familie, die ihn ganz lieb hat. Ich habe Felix aber noch viel mehr lieb, habe ich gesagt, und außerdem gehört er mir und man darf nicht etwas weggeben, was einem anderen gehört, das ist gemein, und ich will Felix zurück, und wenn er ihn nicht aus dem Tierheim zu uns holt, dann hole ich ihn heim. Da ist Papa wütend geworden. Angebrüllt hat er mich, dass ich egoistisch bin und nur an mich selbst denke, und was ich denn überhaupt für ein Bruder bin, ob ich will, dass meine Schwester ihr Leben lang krank bleibt, nur weil ich mich von einer Katze nicht trennen kann, und er will so was von mir nie wieder hören.

Da habe ich nichts mehr gesagt. Nie mehr habe ich etwas von Felix gesagt.

Vielleicht sitzt er in einem Käfig, der so eng ist, dass er seinen Schwanz nicht fangen kann. Oder in den kein Sonnenstrahl fällt, nach dem er springen kann …

Jetzt läuft mir auch die Nase. Und die Augen tränen. Ich glaube, ich habe eine Katzen-Verlust-Allergie, und die ist viel schlimmer, als eine Katzen-Allergie überhaupt sein kann.

Die Katze von Meiers dreht mir den Rücken zu und springt in den Flur.

Ich gehe nach Hause. Meine Hände und Füße sind eiskalt. Ich zittere richtig. In meinem ganzen Leben habe ich noch nie so gefroren.

2

Ich friere immer noch. Dabei habe ich schon zwei Pullover übereinander gezogen. Und die Heizung so hoch gedreht, dass Mama gestöhnt hat: »Was ist denn hier für eine Hitze?«, als sie aus ihrer Bank nach Hause gekommen ist. »Hast du an die Flötenstunde gedacht?«, hat sie dann gefragt. »Klar«, hab ich gesagt und mich in mein Zimmer verzogen. Dran gedacht hab ich ja auch, das ist nicht einmal gelogen.

Wir sitzen um den Abendbrottisch. Es gibt Pilz-Lasagne, die mag ich eigentlich, aber heute habe ich keinen Hunger. Obwohl es schon spät ist, Papa ist heute noch später aus seinem Büro gekommen als sonst, und Mama besteht darauf, dass wir alle gemeinsam essen. »Damit wir merken, dass wir eine Familie sind«, sagt sie. Aber ich glaube nicht, dass Thorsten das merken will.

Im Fernsehen läuft Werbung. Eine Familie macht eine ganz weite Fahrt in einem schönen Auto und alle sind lieb zueinander und freuen sich.

Wenn wir mit dem Auto irgendwohin fahren, boxt Thorsten mich immer, weil ich mich angeblich zu breit mache, aber ich muss in der Mitte sitzen und habe sowieso kaum Platz, und ich möchte Spiele machen, aber keiner spielt mit, und Claudia mault, weil ich sie nicht schlafen lasse, und Papa brüllt, wir sollen endlich Ruhe geben und jetzt hat er sich unseretwegen verfahren, und Mama ist sauer, weil wir uns streiten.

Claudia hat auch die Werbung gesehen. Jetzt tut sie so, als wisse sie nicht ganz genau, dass ich nicht mehr mit ihr rede, und flüstert mir zu: »Wir haben wohl das falsche Auto!« Claudia weiß oft, was ich denke. Und wenn wir uns dann anschauen, müssen wir lachen.

Ich schau weg. Und gebe keine Antwort.

»Ich muss noch Hausaufgaben machen«, murmelt mein Bruder, nimmt seinen Teller und steht auf.

»Du bleibst!«, befiehlt Papa.

Thorsten verzieht das Gesicht und setzt sich wieder. »Familienidylle«, motzt er. »Hier wird man sogar an der Erfüllung seiner schulischen Pflichten gehindert. Trautes Heim, Glück allein.«

»Wenn dir was nicht passt«, beginnt Papa gereizt, bestimmt sagt er gleich: Solange du deine Füße unter meinen Tisch stellst, tust du gefälligst, was ich dir sage! Und wenn Thorsten ihm dann eine patzige Antwort gibt, zum Beispiel, dass er die Füße ja auch *auf* den Tisch legen kann, dann brüllt Papa ihn an.

Thorsten sagt immer, es ist ihm doch gleich, wenn Papa brüllt, das geht zum einen Ohr rein und zum anderen raus, und außerdem beruhigt der sich schon wieder. Aber ich mag das nicht, wenn Papa brüllt. Vor allem nicht, wenn es mir gilt.

»Wie geht es eigentlich deinem Auftrag?«, fragt Mama dazwischen und sieht Papa an.

Papa hält kurz die Luft an. Eben hat er noch wütend ausgesehen, aber plötzlich grinst er. »Den habe ich bekommen!«, verkündet er stolz.

Den Auftrag. Seit Tagen redet er von nichts anderem, aber ich habe mir trotzdem nicht genau gemerkt, worum es geht. Irgendwie um Autobahnbrücken. Papa ist nämlich Bauingenieur und hat ein eigenes Büro, in dem er den ganzen Tag sitzt und nachrechnet, ob andere Bauingenieure sich nicht verrechnet haben. Und wenn er viele Aufträge zum Nachrechnen kriegt, verdient er viel, und wenn er wenig kriegt, verdient er wenig.

»Ist ja toll!«, ruft Mama. »Herzlichen Glückwunsch! Damit bist du aus dem Schneider!«

Was das mit einem Schneider zu tun hat, wenn man einen Auftrag bekommt, weiß ich nicht.

Papa grinst und dann hebt er sein Glas und prostet uns allen zu, obwohl nur Wasser in seinem Glas ist und man das doch eigentlich nur mit Wein macht, glaube ich jedenfalls.

»Stark!«, sagt Claudia. »Gratuliere!« Sie stößt mit ihrem Milchbecher mit Papa an. »War mir klar, dass du den Auftrag kriegst. Du bist halt der Beste. Na ja, mein Vater eben!«

Papa lacht. »Da bin ich aber froh, dass ich mich deiner würdig erwiesen habe! Übrigens – heute ist eine gute Gelegenheit, um Wünsche anzumelden!«

Ich hätte schon einen Wunsch. Einen mit vier Pfoten und einem weißen Fleck an der Kehle. Aber den darf ich nicht sagen. Weil Papa den nie wieder von mir hören will.

»Klasse!«, meint Claudia. »Ich brauche dringend neue Klamotten.«

»Also hör mal«, erhebt Mama Einspruch, »dein Kleiderschrank quillt doch jetzt schon über!«, aber Papa blinzelt

Claudia zu. Bestimmt kriegt sie das Geld für neue Kleider von ihm. Das ist mal wieder typisch. Claudia kann sich überall einschleimen, am meisten bei Papa, der tut einfach alles für sie. Sogar meinen Felix in ein Tierheim bringen. Wenn sie gesagt hätte, Felix muss bei uns bleiben, sonst wird sie vor lauter Sehnsucht nach ihm noch viel kränker, dann hätte er Felix bestimmt nicht weggegeben. Oder wenn sie gesagt hätte, ihre Krankheit kommt von der Umwelt. Und außerdem gehört Felix mir.

»Denkst du noch an einen neuen PC?«, fragt Thorsten. »Du weißt doch, meiner hat einfach nicht mehr genug Speicherkapazität, ich hab mich da schon mal informiert ...«

Ich höre nicht mehr zu. Wenn Thorsten über Computer redet, kapiert sowieso keiner was. In meinem Kopf ist irgendwie Watte. Ich glaube, ich werde krank.

Vielleicht sitzt Felix doch in einem Käfig und sein Fell ist schon ganz stumpf vor lauter Traurigkeit.

»Mit dem neuen Auftrag rückt auch für Kai ein Schlagzeug zum Geburtstag in den Bereich des Möglichen«, erklärt Papa und schaut zu mir. »Allerdings, wie du weißt, nur dann, wenn du bis dahin regelmäßig Flöte übst.«

Flöte. Muss er mich daran erinnern!

Was mache ich, wenn der Junge auch nächste Woche vor der Musikschule auf mich wartet?

»Was ist denn mit dir, Kai?«, fragt Mama und streicht mir durch die Haare. »Du hast ja Schweiß auf der Stirn! Und du isst gar nicht. Du wirst doch hoffentlich nicht krank?«

3

Ich bin doch krank geworden. Die ganze Nacht habe ich nicht richtig schlafen können, sondern lauter wirres Zeug geträumt, und jetzt brennt mein Hals wie ein Sonnwendfeuer, ich kann kaum mehr schlucken und meine Beine tun so seltsam weh.

Mama sitzt am Bettrand. »Auch das noch! Du hast Fieber!« Sie seufzt und schaut ratlos. »Hör mal, Kai, ich kann mir in der Bank nicht schon wieder freinehmen. Als du die Windpocken hattest, bin ich schon drei Tage daheim geblieben, und zwei bei deiner Blinddarmreizung. Du musst das verstehen, es geht dieses Jahr einfach nicht mehr.«

»Ich komm schon zurecht«, krächze ich, »ich bin doch kein Baby mehr!« Vielleicht liest Claudia mir ja vor, jetzt, wo ich krank bin. Ach nein, das geht ja nicht, weil ich mit der nicht mehr …

Mama zupft an meinem Kissen.

»Ich stelle dir eine Thermoskanne mit Tee her und was zu essen. Und ich bring das Telefon an dein Bett. Wenn was ist, rufst du mich an, ja? Ich schau, dass Thorsten am Nachmittag da ist. Claudia kann nicht, die hat Handball-Training.«

Ich drehe mich zur Wand. Irgendwie will ich nur schlafen.

Draußen im Flur streitet Mama mit Thorsten. Er will nicht mittags heimkommen, weil er sich mit seinem Freund verabredet hat. Papa kommt dazu und macht Thorsten zur Schnecke. Wenn Papa mit mir so schimpfen würde, fände ich das gar nicht witzig, aber Thorsten macht sich nichts draus und motzt zurück, und dann knallt die Tür und Thorsten ist einfach gegangen.

Bestimmt kommt er mittags nicht nach Hause. Ist mir doch gleich. Wenn ich noch ein bisschen geschlafen habe, gehe ich in sein Zimmer und mache seine Computerspiele, den ganzen Tag. Ich schieße Monster ab, bis der Bildschirm voll von grünem Blut ist, denn Monsterblut ist nun mal grün und nicht rot.

Wenn Mama endlich weg ist, kann ich Felix in mein Bett lassen. Sie will nicht, dass er in meinem Bett schläft, aber es ist so schön, wenn er sich auf meine Füße kuschelt und ganz laut schnurrt …

Ich muss wohl geschlafen haben.

Ich bin total nass, meine Haare kleben mir im Gesicht und mein Schlafanzug am Körper, und das Kissen, das ich im Arm halte, ist auch ganz verschwitzt. Aber es geht mir viel besser.

Komisch, irgendwie habe ich das Gefühl, Felix war da. Aber das ist ja Schwachsinn. Leider.

Auf meinem Nachttisch stehen das Telefon, eine Thermoskanne, ein Becher, ein Fruchtquark und ein Teller mit Mandarinen und Bananen und meinen Lieblings-Keksriegeln, und an der Kanne lehnt ein Zettel: »Du hast so fest geschlafen, da bin ich gegangen, ohne dich zu wecken. Schlaf dich gesund und bleib schön im Bett! Ich ruf dich später mal an. Gruß und Kuss, Mama.«

Ich trinke einen Becher Pfefferminztee. Er ist noch heiß und es tut weh, wenn ich ihn schlucke, aber das Trinken ist trotzdem gut. Dann stehe ich auf und ziehe mich an. Sweatshirt und meine bequemste Jeans, an der vom Lagerbauen im Wald noch mein Messer am Gürtel hängt. Und dann auch noch meine Jeansjacke, weil die gerade auf dem Fußboden rumfliegt. Ich decke sogar mein Bett auf, damit es trocknen kann, während ich in Thorstens Zimmer Computerspiele mache.

Thorsten mag nicht, dass ich an seinen Computer gehe, wenn er weg ist. Er bringt mich um, wenn ich es tue, hat er gesagt. Aber wenn er da ist, sitzt er selber dran. Also wann soll ich dann spielen? Und das mit dem Umbringen, das ist nur so eine Redensart.

Ich lege die CD-Rom mit seinem neuesten Spiel ein und rufe es auf. Ich fange bei der leichtesten Stufe an, bewege mich mit den Tasten durch den dunklen Felsengang, die Hand mit der Pistole vorgestreckt. Überall im Fels sind Nischen und Vorsprünge, hinter denen sich Monster verstecken können. Jeden Augenblick kann eines hervorspringen und mich angreifen. Und natürlich können die auch von hinten kommen und deswegen muss ich mich immer wieder schnell umdrehen, das mache ich mit der Maus.

Ich muss eine bessere Waffe finden. Oder eine Schutzrüstung. Sonst sieht es schlecht für mich aus, wenn sich ein Monster auf mich stürzt.

Der Gang gabelt sich. Links geht ein ganz finsterer Gang ab, aus dem rechten kommt ein schwaches rotes Licht. Ich gehe nach rechts, plötzlich sind Schlangen am Boden, ich kann gerade noch über sie drüberspringen, und dann komme ich in einen Höhlensaal.

Ich sehe eine große Holztruhe. Sie sieht fast aus wie ein Sarg. Vielleicht ist da ein Maschinengewehr drin, eine Laserpistole oder ein Schutzschild. Also gehe ich genau auf die Truhe zu und drücke die Aktionstaste. Der Deckel schlägt auf – und ein Monster springt heraus. Ich schieße, aber ich treffe es nur in den Bauch, grünes Blut spritzt, aber es kommt trotzdem auf mich zu, ich schieße noch einmal, und da sinkt es endlich in die Truhe zurück und der Deckel fällt zu.

Mit den Tasten bewege ich mich von der Truhe weg. In einer dunklen Nische der Höhlenwand entdecke ich eine schwere Tür und öffne sie. Dahinter ist wieder ein dunkler Gang. Und ganz plötzlich ist da ein großer Drache mit einem schuppig gepanzerten Körper und einem starken Schweif mit spitzem Stachel und mit vielen Köpfen, mindestens acht oder zehn.

Ich schieße, aber der Drache zuckt nicht einmal, eine Pistolenkugel kann dem nichts anhaben, was mache ich jetzt, plötzlich ist der eine Kopf des Drachen ganz dicht vor mir, er öffnet das Maul mit den furchtbaren Zähnen, ein glühender Feuerstrahl schießt heraus, ganz rot wird es auf dem Bildschirm und dann auf einmal schwarz.

Ich bin tot.

Schweiß läuft mir den Rücken hinunter. Ich habe bestimmt wieder Fieber.

Ich könnte wieder von vorn anfangen, aber ich habe keine Lust mehr. Früher hat Thorsten andere Spiele gespielt, richtige Abenteuer, die waren viel besser.

Ich wische meine Hände an meinem Sweatshirt ab und suche seine CD-Roms durch, aber ich finde nur Ballerspiele oder Strategiespiele, bei denen man Krieg führen muss. Danach ist mir jetzt gerade nicht. Dann sehe ich eine, deren Name mir gefällt: »Der Schatz von Atlantis«.

Schatzsuche, das ist bestimmt spannend, und dabei muss man nicht immer nur schießen und kämpfen.

Ich rufe das Spiel auf. Es kommt eine schöne Musik und ich sehe aus der Höhe eine Insel in einer Meeresbucht, die Insel kommt immer näher und man sieht, dass sie einen Hügel hat, der von einer glänzenden Mauer und drei kreisrunden Wasserkanälen umgeben ist, ein Palast steht mitten auf dem Hügel, ein breiter Kanal führt von dem Hügel weg zum Meer, und dort sind ein Hafen und eine große Stadt. Die Kamera zoomt in die Stadt, dort gibt es altmodische Häuser und Pferdewagen und Esel und Ochsenkarren wie bei Asterix, aber keine Autos, und daran erkennt man gleich, dass es um eine Zeit geht, die schon ewig lange vorbei ist.

Dann sieht man einen großen Platz in der Stadt mit einer Menge Leute, Männer mit Lanzen oder Schwertern und Frauen mit Körben. Die Kamera geht noch näher heran und zeigt Händler und verschiedene Handwerker, und dann sieht man auch noch Sklaven, die man an dem Aufseher mit der langen Peitsche erkennt.

Die Kamera zeigt noch viel mehr, einen König auf seinem Thron und Tänzerinnen und einen Priester im weißen Kleid, der die Sterne beobachtet, und eine Schatzkammer voller Gold und Silber und Edelsteine, und die ganze Zeit erklärt eine Stimme, was man sieht und dass das Basileia, die Königsinsel von Atlantis, ist, die vor langer Zeit der Mittelpunkt eines großen Reiches war. Und dann sieht

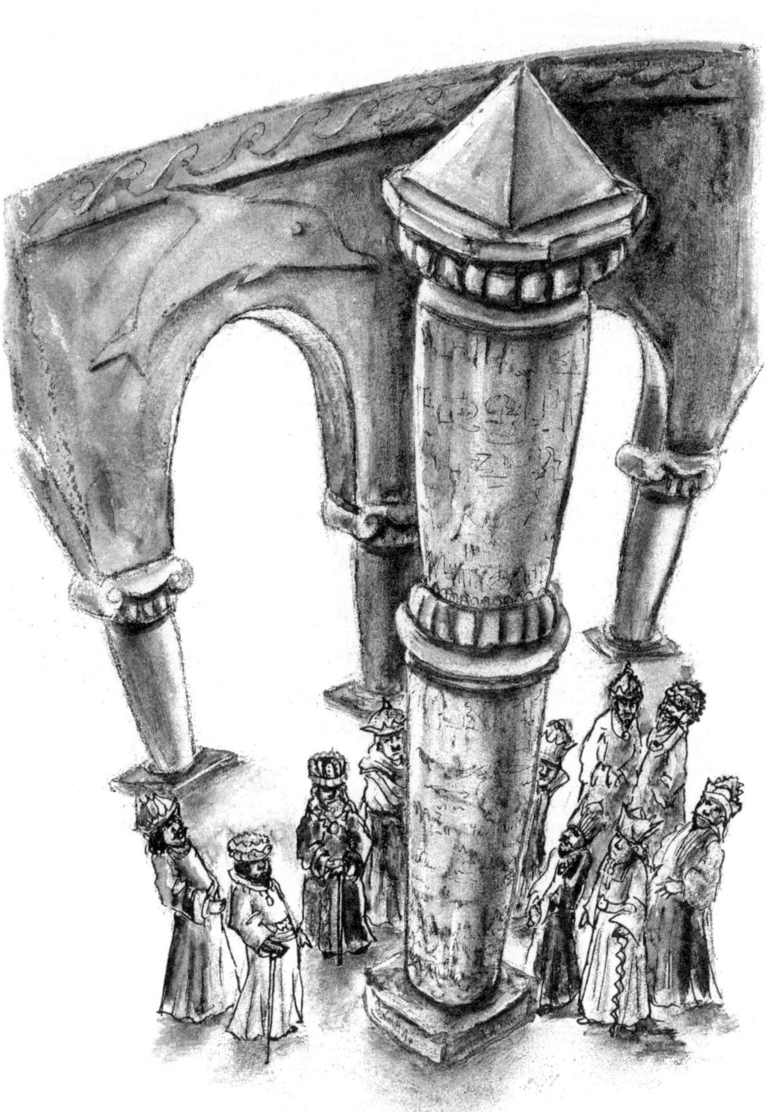

man zehn Könige, die um eine glänzende Säule herumstehen, während ein Priester einen Stier schlachtet, und die Stimme sagt: »Jeweils zehn Könige regierten gemeinsam das Reich von Atlantis und sie übten ihr Amt mit Weisheit, Güte und Vernunft aus und gehorchten den Gesetzen, die der Meeresgott Poseidon ihnen gegeben hatte und die auf einer Säule aus Bernstein in der Mitte des Heiligtums in ihrem Palast eingraviert waren. Und die Atlanter lebten lange Zeit in Frieden, Tugend und Ehrfurcht vor den Göttern.«

Jetzt ändert sich die Musik und wird irgendwie bedrohlich, und die Stimme fährt fort: »Doch dann bekamen niedrige menschliche Gesinnung, Habsucht und Machtgier die Oberhand unter ihnen und sie verloren den Blick für die wahren Werte.«

Jetzt schwenkt die Kamera zum Himmel, man sieht einen Palast auf den Wolken, darin liegen die Götter auf goldenen Sofas und einer von ihnen hat eine Waffe, die so ähnlich aussieht wie eine Heugabel, in der Hand und sagt zornig: »Diesen frevlerischen Atlantern ist ihr Reichtum zu Kopf gestiegen! Sie verehren mich nicht mehr, mich, Poseidon, der ich sie mit meiner Gnade überhäuft habe! Sie gehorchen meinen Gesetzen nicht mehr, sie opfern mir keine Stiere mehr, ja, sie lästern mir sogar!« Da schleudert der größte der Götter mit Blitzen um sich und erklärt: »Ich werde die Atlanter furchtbar bestrafen, ihre Insel werde ich versenken, so wahr ich der Gott der Götter bin!«

Vom Himmel herunter sieht man nun wieder auf die Insel im Meer, da kommt plötzlich eine riesige Flutwelle und rollt auf die Insel zu, und dann sieht man nur noch Wasser und Wellen auf dem Bildschirm, und die Stimme sagt: »So versank Atlantis im Meer, und mit ihm aller Reichtum.«

Ich kriege richtig eine Gänsehaut. Aber vielleicht ist das auch nur das Fieber.

Nun erscheint ein ganz anderes Bild auf dem Monitor: Ein Mann in einem weißen Kleid steht an einem Pult und schreibt, und die Stimme erklärt: »Diese Geschichte von Atlantis hat vor über zweitausend Jahren der griechische Philosoph Platon aufgeschrieben, aber sie hat sich lange vor seiner Zeit zugetragen. Platon hat nur festgehalten, was ägyptische Priester weitergegeben haben. Doch Platon hat nicht genau beschrieben, wo Atlantis mit der Königsinsel Basileia gelegen hat, und deshalb hat man das versunkene Atlantis bis heute nicht gefunden. Eines aber wissen wir mit Sicherheit: Es würde sich lohnen, die untergegangene Königsinsel von Atlantis zu entdecken, denn ihre Reichtümer müssen ungeheuer gewesen sein.«

Das ist ja gar kein ausgedachtes Spiel, sondern eine wahre Geschichte. Das ist stark. Einen Schatz zu finden, habe ich mir nämlich schon immer gewünscht. Dann wäre ich reich und berühmt und würde Interviews im Fernsehen geben und in Talkshows auftreten, und Thorsten könnte nicht mehr »Baby« zu mir sagen. Vielleicht erfahre ich durch dieses Spiel, wie man Atlantis findet, und in den Sommerferien fange ich gleich mit der Suche an.

Auf dem Bildschirm sieht man nur noch das Meer. Die Stimme sagt: »Wenn du Atlantis suchen und seinen Schatz aus der Meerestiefe heben willst, dann gib deinen Namen ein.«

Das mache ich, ist doch klar.

Wenn mir nur nicht so kalt wäre. Ich drehe die Heizung

ganz auf, wickle mir Thorstens Federbett um die Beine und setze mich wieder an den Computer.

Ich bekomme ein Guthaben von zwei Millionen Dollar und muss mich entscheiden, wo ich meine Suche beginnen will und welches Verkehrsmittel ich wähle. Soll ich mir ein Schiff chartern und über alle Meere fahren? Aber so findet man eine versunkene Insel bestimmt nicht. Irgendwo in der Einleitung muss ein Hinweis versteckt gewesen sein.

Ich starte noch einmal neu und höre mir alles genau an. Als das von dem griechischen Philosophen kommt, habe ich einen Einfall: Wenn die ägyptischen Priester die Geschichte von Atlantis gekannt haben, dann erfahre ich vielleicht in Ägypten etwas. Es könnte doch sein, dass in einer Pyramide oder einem Tempel etwas über Atlantis an die Wand gemalt oder in Hieroglyphen geschrieben ist, solche Bilder und Inschriften gibt es, das weiß ich aus meinem Ägyptenbuch. Also wähle ich ein Flugzeug und klicke Kairo an, sehe, dass mir dreihundert Dollar von meinem Konto abgezogen werden, und fliege nach Kairo.

Im letzten Urlaub sind wir mit dem Flugzeug nach Teneriffa geflogen. Es war meine erste Flugreise. Hin hatte ich ein flaues Gefühl im Magen und einen blöden Druck in den Ohren beim Starten und Landen, aber Claudia hat mir ganz fest die Hand gehalten und gesagt, ich soll tief atmen und immer schlucken, und da ging es. Und zurück fand ich es toll.

Auf dem Bildschirm lande ich in Kairo. Jetzt kann ich mir aussuchen, ob ich ins Ägyptische Museum oder zu den Pyramiden von Giseh will. Ich klicke mit der Maus die Pyramiden an und schon fährt mich ein Taxi nach Giseh. Bei der großen Sphinxstatue vor den Pyramiden hält es. Am Kopf ist sie ein Mensch, aber sonst ist sie ein Löwe oder eine Katze.

Ich gehe mit den Tasten im Spiel weiter. Ich bin jetzt in einem engen Gang, der den Berg hinaufführt. Rechts und links von mir erheben sich hohe Mauern aus riesigen Steinen. Was mache ich, wenn plötzlich ein Gangster auftaucht? Ich bin doch bestimmt nicht als Einziger hinter dem Schatz her. Und ich habe gar keine Waffe dabei. Vorsichtshalber übe ich kurz mit den Tasten der linken Hand das Boxen und Treten und Springen, laufe dann bergan und dreh mich immer wieder mal schnell um.

An einer Stelle ist ein Gitter zwischen den Steinen. Finde ich da eine Waffe? Ich gehe näher an das Gitter heran. Dahinter ist es schwarz. Weiter kann ich nichts erkennen. Vielleicht ist es ein sehr kleiner, dunkler Käfig, in den nie ein Sonnenstrahl fällt.

Mir steckt ein Kloß im Hals. Ich versuche ihn wegzuschlucken, aber es geht nicht, er brennt nur noch mehr. Mir ist furchtbar schwindlig. Etwas bewegt sich in meinem Kopf, nein, nicht in meinem Kopf – in dem Käfig. Und dann entdecke ich hinter dem Gitter hin und her schwankend einen kleinen weißen Fleck.

Schweiß steht mir auf der Stirn, kalter Schweiß. Jetzt fange ich auch noch an zu zittern. Vor meinen Augen verschwimmt alles. Ich glaube, in dem Käfig ist eine Katze, eine schwarze Katze mit einem weißen Fleck an der Kehle.

»Felix«, sage ich und rüttle an dem Gitter. Ich ziehe und zerre, aber das Gitter gibt nicht nach. Da sehe ich, dass es nur mit einem Riegel verschlossen ist. Ich schiebe den Riegel zurück und hole die Katze heraus und drücke mein Gesicht in ihr Fell.

Es ist doch nicht Felix. Felix ist ein bisschen kleiner und hat einen runderen Kopf, und Felix kann nicht reden. Aber diese Katze hier, die kann es.

»Ich danke dir, dass du mich befreit hast«, sagt sie. »In dem Käfig konnte ich nicht einmal meinen Schwanz fangen oder nach einem Sonnenstrahl springen.«

Eben war ich noch in Thorstens Zimmer am Computer, und nun stehe ich plötzlich in Ägypten in dem Gang, der zur Pyramide führt, und habe eine Katze im Arm, die so ähnlich aussieht wie Felix, und diese Katze kann sprechen. Jetzt spricht sie schon wieder. Sie sagt: »Gestatten, mein Name ist Bastet.«

»Bastet?«, frage ich. »Wie die Göttin?«

»Nicht *wie* die Göttin«, erwidert sie sehr würdevoll und betont dabei das »wie« ganz besonders. »Ich bin es selbst. Ich *bin* Bastet, die Göttin.«

Gut, wenn sie eine Göttin ist, dann wundert es mich auch nicht, dass sie sprechen kann. Nur wie ich hierher gekommen bin, das wundert mich schon.

Bastet fährt fort: »Da du mich aus dem unerfreulichen Käfig befreit hast, gebe ich dir drei Wünsche frei.«

Drei Wünsche frei, das gibt es doch nur im Märchen. Dass mir das einmal passiert, das hätte ich nie gedacht.

»Ich wünsche mir, dass du erst mal bei mir bleibst«, krächze ich und streichle ihr Fell. Es ist seidig und weich.

Bastet schnurrt. »Schon erfüllt«, erklärt sie und fragt: »Und was weiter? Was willst du hier?«

»Ich will nach Atlantis«, antworte ich.

Da bebt plötzlich der Boden unter mir, eine unsichtbare

Kraft erfasst mich, mir ist schwindlig, ich mache die Augen zu, ich werde hochgehoben, ich fliege und fliege und fliege und traue mir die Augen nicht wieder aufzumachen, so dreht sich alles, in meinen Ohren braust es, und dann werde ich ziemlich unsanft wieder abgesetzt. Als ich sie wieder öffne, die Augen, sehe ich sofort: Ich bin dort. In Atlantis.

Nein, nicht etwa unter Wasser bei den Ruinen des versunkenen Atlantis, sondern im echten Atlantis. Mitten auf dem großen Platz auf dieser Königsinsel in der Hafenstadt. Und Atlantis ist kein bisschen kaputt, und untergegangen ist es schon gleich gar nicht. Es sieht alles aus wie in dem Computerspiel: die vornehmen Häuser aus weißem Stein mit Säulen und Vordächern, die Tische, auf denen Händler Gemüse und Obst und alle möglichen anderen Sachen ausgebreitet haben, die vielen Menschen und Tiere …

So etwas gibt es doch gar nicht, außer im Traum vielleicht.

Männer, die nichts anhaben außer einem weißen Lappen um die Hüften, gehen an mir vorbei und weichen einem Ochsenkarren aus, der über den Platz rumpelt, zwei Frauen in ziemlich durchsichtigen Kleidern bleiben stehen und schauen mich an, als hätten sie noch nie einen Jungen gesehen. Sie reden über mich, das merke ich, aber ich verstehe kein Wort von ihrer Sprache, und da drüben stecken zwei Mädchen die Köpfe zusammen und gucken immer wieder zu mir und schubsen sich mit den Ellbogen und kichern. Ich komme mir blöd vor. Jemand sagt etwas zu mir, ich merke, dass es eine Frage ist, aber ich kann nur mit den Schultern zucken, was soll man sonst machen, wenn man nichts kapiert? Wenn ich wenigstens die Sprache hier könnte!

Auf einmal verstehe ich, was gesprochen wird. Zwei Männer unterhalten sich über Pferde, eine Frau schimpft, dass der Sklave, den ihr Mann gekauft hat, faul ist, ein Händler schreit über den Platz: »Kostbarer Weihrauch! Duftende Öle! Heilende Essenzen! Frisch eingetroffen aus den Märkten des Orients!« Die Frauen, die mich so blöd anschauen, reden über die Sachen, die ich anhabe, »blaue Beinröhrlinge« nennen sie meine Jeans und schütteln den Kopf.

Bastet streicht mir um die Beine wie eine gewöhnliche Katze. Aber dass sie das nicht ist, hat sie ja wohl bewiesen. Sie ist eine Göttin, sie hat mich hierher gebracht, und sie soll mich bitte schön wieder zurückbringen. Ich nehme sie auf den Arm. »Hör mal, Bastet«, sage ich, »das mit Atlantis, das war gar nicht mein richtiger Wunsch. Ich habe doch nur ein Computerspiel gemacht, und ich habe auch gar nicht das richtige Atlantis gesucht, so lange vor unserer Zeit, sondern das versunkene. Kannst du das bitte alles rückgängig machen?«

Bastet gibt keine Antwort, schaut mich nur unbeweglich an.

»Ich habe noch mindestens einen Wunsch frei!«, erinnere ich sie. »Außerdem falle ich hier in meinen blauen Beinröhrlingen ziemlich auf. Lass uns verschwinden!«

»Ich habe dir bereits drei Wünsche erfüllt, dürfte ich dich höflich daran erinnern?«, sagt Bastet. Ihre Stimme klingt auf einmal richtig hochmütig. »Oder sollte dir entgangen sein, dass du nun der Sprache der Atlanter mächtig bist? Damit hat es ein Ende mit der Wünscherei. Ihr Menschen seid doch immer gleich: maßlos und völlig unüberlegt in euren Wünschen. Nun ist es, wie es ist, so wahr ich Bastet bin, die Katzengestaltige!«

Mit offenem Mund stehe ich da. Ich kann's nicht glauben, ich kann's einfach nicht. »Du meinst, ich muss hier bleiben, in Atlantis?«, frage ich.

»Ob und wie lange du hier bleiben musst, liegt ganz bei dir«, antwortet Bastet. »Du hast hier eine Aufgabe zu erfüllen. Erst wenn du die erfüllt hast, steht dir der Weg zurück wieder frei.«

»Was denn für eine Aufgabe?«, frage ich, und in dem Augenblick fällt mir etwas ein und mir wird heiß und kalt zugleich. »Was ist, wenn Atlantis untergeht und ich hier bin? Wann versinkt Atlantis im Meer? Vielleicht sogar heute?!«

Bastet schließt die Augen zu schmalen Schlitzen. »Der Ratschluss des Gottes der Götter entzieht sich nicht umsonst deiner Kenntnis. Kümmere du dich um deine Aufgabe, dann wird sich alles Weitere ergeben.«

»Das kannst du mit mir nicht machen, ich habe dich aus dem Käfig befreit, ich habe geglaubt, du wärst mir dankbar! Ich denke überhaupt nicht daran, in Atlantis eine Aufgabe zu erfüllen! Ich will nach Hause!«

Sie schaut mich an, als wäre ich eine Maus, die sie gefangen hat. »Und wie willst du ohne meine Hilfe dorthin gelangen, wenn ich fragen darf?«, erkundigt sie sich kühl.

Ich sage nichts mehr. Es ist aussichtslos. Ich habe ein Computerspiel gemacht, und plötzlich war ich in dem Spiel drin und bin einer sprechenden Katze begegnet, und die hat mich nach Atlantis entführt. Ich habe keine Ahnung, wie ich das rückgängig machen kann.

Mama sagt immer, was man nicht ändern kann, damit muss man sich abfinden.

Es bleibt mir wohl nichts anderes übrig, als zu tun, was Bastet von mir verlangt. Ich hole tief Luft. »Also gut, wenn es sein muss! Was soll ich machen?«

»Das herauszufinden steht bei dir. Mein Amt war es, dich herzubringen, mehr nicht.«

Ihr Amt? Was soll das nun wieder? Langsam werde ich neugierig. Wer hätte gedacht, dass ich einmal in einem solchen Abenteuer stecken und so viel Bedeutung haben würde. Thorsten jedenfalls hat so ein Abenteuer noch nie bestanden.

Am besten tue ich ganz cool. »Wenn ich schon ein Rätsel lösen soll, dann brauche ich irgendwelche Anhaltspunkte«, sage ich. »So ist das schließlich bei jeder Rallye. Gib mir wenigstens einen Hinweis, was ich tun soll, okay?«

Bastet schnurrt. »Einen Hinweis? Mit dem größten Vergnügen! Ich habe Hunger. Ich hätte nichts gegen etwas Fleisch einzuwenden!«

Erst will ich sagen, dass ich auf einen solchen Hinweis verzichten kann. Aber ich traue mich nicht, schließlich ist sie eine Göttin und der einzige Mensch, den ich kenne in Atlantis. Na ja, Mensch nicht gerade.

Außerdem merke ich, dass ich auch Hunger habe. Und mir fällt auf, dass mein Halsweh weg ist und mein Fieber und dass ich mich gesund fühle, nur eben hungrig.

Wäre ich daheim, bräuchte ich nur an den Kühlschrank zu gehen, da findet man immer etwas, und für Mittag hat Mama meistens vorgekocht. Aber in Atlantis? Kühlschränke gibt es hier jedenfalls nicht, so viel ist mir klar. Und meine Mama auch nicht.

Ich glaube, an Mama darf ich jetzt lieber nicht denken. Wenn man schon mitten in einem Abenteuer drin ist, muss man so tun, als wäre man ein Held, dann gehen Abenteuer auch gut aus. In den Büchern, die ich gelesen habe, tun sie das wenigstens. Auch wenn da noch nie einem Jungen so etwas passiert ist wie mir: dass er plötzlich in einer fremden Zeit und einer fremden Welt ist und eine Aufgabe erfüllen soll, von der er keine Ahnung hat, was sie überhaupt ist.

»Hier riecht es nach gebratenem Fleisch«, meint Bastet, springt mir vom Arm und geht mit hoch aufgerichtetem Schwanz über den Platz.

Ich laufe Bastet nach, Slalom zwischen spielenden Kindern, Körben und Tischen und im Dreck herumwühlenden Schweinen. In dem Gedränge muss ich aufpassen Bastet nicht zu verlieren. Sie verschwindet in einer engen Gasse, hier sind die Häuser viel niedriger, wir kommen an offenen Werkstätten vorbei, unter einem Vordach steht neben einem Ofen ein Riese von einem Kerl und gießt eine golden leuchtende Flüssigkeit in eine Steinform. Bastet läuft an ihm vorbei und biegt in den Hof des Nachbarhauses ein, und tatsächlich, da dreht ein Mann einen Ochsen am Spieß über einem Feuer.

Eine Frau lässt sich gerade ein großes Stück Fleisch abschneiden. Dann nimmt sie eine Lederschnur vom Hals, an der eine Menge kleiner Kupferringe hängen, knotet einen davon ab und bezahlt damit.

Wenn man für einen kleinen Kupferring so viel Fleisch erhält, kann ich für einen einzigen Pfennig genug für Bastet und mich gemeinsam bekommen.

Einen Augenblick habe ich Angst, dass ich die Sprache der Atlanter doch nicht sprechen kann, aber es geht ganz von selbst.

Ich verlange eine große Portion von dem Ochsenbraten und eine Scheibe Brot und hole schon mal mein Messer aus dem Lederetui von meinem Gürtel, damit ich das Fleisch mit Bastet teilen kann.

Der Mann stiert mein Messer an. Es ist ja auch wirklich was Besonderes, nämlich ein altes Pfadfinder-Fahrtenmesser, das mir mein Opa geschenkt hat. Opa hat sich als Junge damit schon Zweige vom Baum geschnitten, als sie ohne Zelte im Wald übernachtet haben, er hat damit Brennholz zerkleinert und Brote gestrichen und Pfeile und Bogen damit geschnitzt und sein Hemd in Streifen gesäbelt, als sich einer von ihnen das Bein gebrochen hatte und sie es schienen mussten. Aber das weiß dieser Mann ja nicht, warum glotzt er dann so?

»Einen Kupferring!«, verlangt der Mann.

Ich stecke mir einen Bissen Fleisch in den Mund und suche nach meinem Geldbeutel. Ich fasse in alle meine Taschen. Vier Taschen in der Hose. Nichts. Vier Taschen in der Jacke. Wieder nichts.

»Tut mir Leid, ich, ich hab grade keinen …«, stottere ich und merke, dass mein Kopf heiß wird.

»Glaubst wohl, du kannst dich auf meine Kosten durchfuttern? Kerle wie dich sollte man dem Drachen zum Fraß vorwerfen!«, schimpft der Mann.

Welchem Drachen? Der denkt doch wohl nicht, dass er mir mit solchem Mist Angst einjagen kann! Aber das sage ich nicht, denn er schaut so drohend, und damit jagt er sie mir doch ein, die Angst.

Wütend fasst der Mann mich an meiner Jeansjacke und hebt mich hoch. Ich baumle in der Luft. Sein Gesicht ist dicht vor meinem. Es sieht gar nicht freundlich aus.

Doch plötzlich lässt er mich los und reißt mir mit einem Ruck einen der Knöpfe von meiner Jacke. So einen Metallknopf. Ohne mich aus den Augen zu lassen, beißt er auf den Knopf. Er grinst, wedelt ungeduldig mit der Hand und läuft nach nebenan in die offene Werkstatt zu dem Riesen an seinem Ofen.

Da habe ich noch mal Glück gehabt. Mit meinem Fleisch und meinem Stück Brot renne ich zum Platz zurück und lasse mich im Schatten eines Baumes nieder. Bastet ist mir gefolgt und schnurrt mir um die Beine. Ich zerschneide das Fleisch und teile es mit ihr. Das Brot esse ich allein. Ein struppiger Hund kommt an und will auch was haben, aber Bastet buscht ihren Schwanz und macht einen Buckel, sogar die Haare auf ihrem Rücken sträuben sich, und dann faucht sie den Hund an, und der schaut, dass er wegkommt. Ich muss lachen.

Im Grunde gar nicht so übel, solch ein Abenteuer. Das mit der Aufgabe kriege ich ja wohl hoffentlich auch hin.

»Du bist fremd hier, oder?«, höre ich eine Stimme. Ein dünner Junge mit kurz geschorenen schwarzen Haaren und großen dunklen Augen lässt sich neben mir nieder und betrachtet mich. Kurz bleibt sein Blick an den Knöpfen meiner Jeansjacke und an meinem Messer hängen, das ich wieder in das Lederetui an meinem Gürtel gesteckt habe.

Seltsam, was die Leute hier für ein Interesse an Knöpfen und Messern haben. Mir soll es recht sein. Meine Jacke hat eine Menge Knöpfe, nicht nur vorn, sondern auch an den Ärmeln und hinten an so Laschen. Da kann ich mich ein paar Tage lang satt essen, länger jedenfalls, als ich hier bleiben muss. Aber das Messer behalte ich.

»Ich bin Rhtih«, sagt der Junge.

»Ich bin Kai«, antworte ich und versuche möglichst freundlich zu lächeln. Einen Freund könnte ich hier in Atlantis brauchen, so viel ist sicher.

»Würdest du mit mir kommen? Krk will dich sehen«, bittet er.

»Wer?«

»Krk. Der erste Bronzegießer des Königs. Er ist mein Herr«, sagt Rhtih.

»Ich weiß nicht«, murmele ich. Eigentlich soll ich nie mit Fremden mitgehen, sagen meine Eltern.

»Bitte! Wenn ich ohne dich zurückkomme ...« Er spricht nicht weiter, aber er schaut ganz verzweifelt.

Vielleicht hängt das, was dieser Krk von mir will, ja irgendwie mit meiner Aufgabe zusammen.

Ich gehe mit ihm. Es ist der gleiche Weg, den ich gerade hinter Bastet her gegangen bin, aber die ist plötzlich verschwunden. Bei der Werkstatt neben dem Hof, in dem ich das Fleisch gekauft habe, bleibt der Junge stehen. Der Riese ist nicht mehr zu sehen. In dem halb offenen Ofen brennt ein Feuer. Und daneben steht ein Ding aus Lehm, das auch ein Ofen sein muss, auch wenn man kein Feuer sieht, weil es bis auf ein paar Röhren ganz geschlossen ist, aber es strahlt eine unglaubliche Hitze aus. Ein Mädchen in einem schmutzigen Kleid, das eigentlich eher wie ein Unterrock aussieht, kniet davor und quält sich ab, mit einem Blasebalg Luft durch die Röhren zu pumpen. Sie ist genauso dünn wie Rhtih und hat auch so kurz geschorene schwarze Haare, fast wie das Fell von Bastet. Oder von Felix.

»Das ist Aoja, meine Schwester«, sagt Rhtih, nimmt einen zweiten Blasebalg und kniet auch vor dem Ofen nieder. Das Mädchen nickt mir kurz zu, richtet sich auf und wischt sich mit dem Unterarm die Nase ab. Ihre Augen sind genauso groß und dunkel wie die von Rhtih, aber sie sind rot, wie bei Claudia, als Felix noch bei uns war. Vielleicht hat Aoja auch eine Allergie. Jedenfalls sieht sie völlig fertig aus und ihr Gesicht ist so komisch geschwollen.

»Ich hab dir nicht erlaubt Pause zu machen, du faules Luder!«, höre ich hinter mir eine böse Männerstimme. »Kein Wunder, dass ich das Eisen nicht verflüssigen kann, wenn du keine anständige Glut zustande bringst!« Ich drehe mich um. Auf einmal ist mein Mund ganz trocken. Der Riese steht da. Muskeln hat er wie Arnold Schwarzenegger, aber er ist viel größer als Schwarzenegger, auf der Brust wachsen ihm so viele Haare, dass es aussieht, als hätte er ein Fell, und auch sein Gesicht ist bärtig. Und wütend. Er geht auf Aoja zu, packt sie an der Schulter, zieht sie auf die Füße und haut ihr eine Ohrfeige runter, dass ihr Kopf nur so zur Seite fliegt.

Ich schlucke. Deswegen ist ihr Gesicht geschwollen. Weil dieser Kerl sie schon mal geschlagen hat. Und sie hat auch keine Allergie, sie hat geheult.

Das ist Kindesmisshandlung, und die ist verboten, das hat Papa mir erklärt. Aber ich weiß nicht, ob das für Atlantis auch gilt, und der Mann ist so groß und so stark. Ich sage lieber nichts.

Bei der nächsten Gelegenheit sollte ich mich unauffällig verdrücken.

Aoja und Rhtih arbeiten wie wild mit dem Blasebalg.

Der Riese beobachtet mich. »Du bist also dieser fremde Junge!« Seine Augen bleiben an den Knöpfen meiner Jacke hängen und dann an meinem Messer. »Wo kommst du her?«

Ich weiß nicht, was ich sagen soll. Typen wie der sind mir unheimlich. Wenn ich dem sage, dass ich aus der Gegenwart komme, ich meine, von ihm aus gesehen aus der Zukunft, dann denkt der bestimmt, ich will ihn auf den Arm nehmen, und dann haut er mir auch eine runter. Und von Bastet kann ich ihm schon gar nichts erzählen, so was glaubt doch kein Mensch. »Von weit her«, sage ich und mache eine unbestimmte Handbewegung. »Mit«, ich räuspere mich, »mit dem Schiff.«

»Womit sonst! Meinst du, ich glaub, du kannst fliegen!«, fährt er mich an.

Beinahe hätte ich gesagt, dass ich schon mal geflogen bin. Zum Glück fällt mir ein, dass es früher ja keine Flugzeuge gab und dass ich ihn damit nur noch wütender machen würde.

»Hast du Eltern?«, fragt er und sieht mich so seltsam an.

»Natürlich«, antworte ich. »Mein Vater ist –« Ich rede nicht weiter. Schließlich kann ich nicht erzählen, dass Papa Autobahnbrücken nachrechnet, dieser Krk weiß ja gar nicht, was eine Autobahn ist, und von einem Bauingenieur hat er bestimmt auch noch nie gehört.

»Was ist dein Vater?«

»Gerade nicht da«, murmele ich, und kaum ist es heraus, da ist mir klar, dass das ein Fehler war, denn der Mann grinst jetzt, aber es ist kein gutes Grinsen.

»Bist allein hier, was?«, sagt er und tut so, als täte ich ihm Leid. »Gefährlich, sehr gefährlich. Der König hat was gegen herumstreunende Kinder. Außerdem wimmelt es hier von Sklavenfängern, die nur drauf aus sind, einen Jungen wie dich in ihre Finger zu bekommen.«

Jetzt wird mir richtig heiß.

»Aber du hast Glück«, sagt der Mann. »Ich nehme dich unter meinen Schutz. Du kannst bei mir wohnen. Brauchst mir nur einen einzigen von deinen Knöpfen dafür zu geben. So gut bin ich zu dir!«

Einen Knopf für einen Platz zum Schlafen und Sicherheit vor dem König und den Sklavenfängern – vielleicht war es doch gut, dass ich mit Rhtih gegangen bin.

Er legt mir die Hand auf die Schulter und drückt sie fest. Sehr fest. Dann reißt er mir einen Knopf ab und beißt darauf. »Und jetzt zeig mir dein Messer!«

Eigentlich will ich es ihm nicht geben, aber wie er da steht und die Hand ausstreckt, hole ich es aus dem Etui und halte es ihm hin. Er schaut es genau an. Er prüft die Klinge mit dem Finger, er schneidet an seinem Gürtel

damit herum, er legt das Messer auf einen Baumstrunk, der in den Boden eingelassen ist, hämmert vorsichtig mit einem Steinhammer darauf und murmelt immer wieder dabei: »Erstaunlich. Ganz erstaunlich.« Dann fragt er mich: »Was ist das für eine Klinge?«

Was soll man darauf antworten? »Die ist aus der Schweiz«, sage ich, weil ich mal gehört habe, dass die besten Messer aus der Schweiz kommen. Aber das ist wohl keine gute Antwort. Er runzelt die Stirn. »Schweiz? Was ist das für ein Metall? Eine Legierung?«

Ich male mir aus, wie man die Schweiz aus Metall herstellt, wie beim Bleigießen zu Silvester, aber man braucht schon sehr viel Blei und eine sehr große Wasserschüssel, um die Alpen zu gießen, und bei der Vorstellung muss ich lachen.

Da packt er mich an den Ohren und fängt an, sie herumzudrehen. Das tut höllisch weh. Bestimmt reißen sie gleich ab, die Ohren. Ich schreie. Er lässt meine Ohren los. Dafür hält er mich jetzt am Kinn, und es ist ein Gefühl, als wäre mein Kopf in einem Schraubstock. Ich fahre mir mit den Händen an die Ohren. Sie sind noch dran. Aber sie brennen wie Feuer.

»Weißt du, mit wem du es zu tun hast?«, fragt er. »Mit Krk, dem ersten Bronzegießer des Königs! Wenn ich dir eine Frage stelle, erwarte ich eine Antwort! Also?«

Meine Eltern haben doch Recht gehabt. Man soll nie mit Fremden mitgehen. Oder zu einem Fremden ins Haus. Oder in die Werkstatt.

Es wird endgültig Zeit, dass ich mich davonmache. Aber das geht nicht, denn er hält mich immer noch am Kinn.

»Woraus ist dein Messer?«, wiederholt er drohend.

Ich will sagen, das weiß ich doch nicht, aber das traue ich mich nicht. Dann fällt mir ein, dass mein Opa gesagt hat, das Messer ist nicht aus Edelstahl, sondern aus Eisen, deswegen muss ich es immer gut putzen, damit es nicht rostet. Also sag ich Krk, es ist aus Eisen.

»Aus Eisen?!« Jetzt schreit er. »Also ist es wahr, dass man Eisen gießen kann?! Seit der König von Waffen aus Eisen gehört hat, soll ich Eisen schmelzen und Schwerter und Lanzenspitzen daraus gießen, aber es geht nicht, es ist zum Wahnsinnigwerden! Der König hat nicht mehr viel Geduld, und wenn er zornig wird, dann ist es um mich geschehen. All seine schwarzen Künste haben versagt, und ich soll es schaffen! Was habe ich nicht alles versucht! Dieses verdammte Eisen lässt sich nicht schmelzen wie Bronze, Kupfer oder Zinn. Und du sagst, das Messer hier ist aus Eisen?!«

Ich nicke. Was soll ich anderes tun? Außerdem geschieht es ihm recht, wenn er Schwierigkeiten mit dem König kriegt. Mit einem, der mir fast die Ohren abreißt, habe ich kein Mitleid.

Krk kratzt sich zwischen den Haaren auf seiner Brust und schaut mich finster an. »Eure Eisengießer müssen einen Trick beherrschen, den ich nicht kenne. Jahrelang habe ich Versuche gemacht und immerhin herausbekommen, dass man Holzkohle gemeinsam mit dem Eisengestein in den Ofen packen muss, damit sich das Eisen im Ofen absetzt und man es gewinnen kann. Aber ich kann das Eisen nicht zum Schmelzen bringen, nie wird es flüssig, es lässt sich nicht in eine Form gießen, wie soll ich dann Waffen daraus herstellen!«

Das weiß ich doch nicht! Wenn er nur endlich seine

Pranke von meinem Kinn nehmen würde. Aber er quetscht es immer fester. Bestimmt ist es morgen blau.

»Heraus mit der Sprache!«, schreit er mich an. »Was machen eure Meister, um das Eisen im Tiegel zu verflüssigen, dass man es gießen kann wie Bronze? Und was machen sie, damit es hart und sauber wird wie diese Klinge hier? Ich finde immer nur solche, mit Schlacke und Holzkohle durchsetzten Klumpen vor, wenn ich den Rennofen aufschlage, sieh her!« Er lässt mich los und bückt sich, wahrscheinlich um mir einen Klumpen Eisen zu zeigen. Aber da bin ich schon weg.

Ich renne. Ich renne wie noch nie in meinem Leben. Doch ich komme trotzdem nicht weit. In der Mitte des Platzes hat er mich schon eingeholt und zerrt mich hinter sich her zurück zur Werkstatt und ins Haus. Ich schrei um Hilfe, aber keiner kümmert sich darum.

Drinnen ist es ziemlich dunkel. Er stößt mich auf eine große Holztruhe zu. Sie sieht fast aus wie ein Sarg. Mir ist schlecht vor Angst. Er hebt den Deckel der Truhe hoch und steckt mich hinein, ich wehre mich und schlage um mich, aber er ist viel stärker als ich, er quetscht mich einfach rein und schlägt den Deckel zu. Und dann merke ich, dass er irgendwas sehr Schweres auf den Truhendeckel wuchtet.

Vor Schreck bleibt mir fast die Luft weg. Und dann noch mal vor noch größerem Schreck, weil ich denken muss, dass ich jetzt vielleicht ersticke in der Truhe. Ich versuche mit den Knien und den Händen den Deckel hochzuheben, er rührt sich keinen Zentimeter. Es ist finster hier drin und viel zu eng, und ich will raus, raus, aber ich kann nicht, und keiner hilft mir, ich halte das nicht aus, warum ist mein Papa jetzt nicht da, der würde mich befreien …

»Papaaa!«

Ich schreie und schreie, die Ohren dröhnen mir von meinem eigenen Gebrüll, und ich schreie immer weiter, und dann habe ich keine Kraft mehr zum Schreien und keine Stimme. Irgendwie bin ich plötzlich ganz ruhig, so, als sei alles gar nicht wirklich, und als komme es auf nichts mehr an. Ist ja auch sinnlos, nach Papa zu schreien, schließlich ist er in seinem Büro in Nürnberg und ich bin in Atlantis.

Wenn er wenigstens wüsste, wo ich bin, irgendwie würde er schon mit Krk fertig werden. Und dann würde er mich in die Arme nehmen, mir durch die Haare strubbeln und sagen: »Junge, Junge.« So wie damals, als ich zu hoch auf den großen Kirschbaum geklettert war und nicht mehr heruntergekommen bin und er mich mit der Leiter geholt und nicht einmal geschimpft hat.

Ich warte. Papa kommt nicht. Kann ja auch nicht. Aber jetzt sehe ich wenigstens, dass in die Truhe durch ein paar Spalten ein bisschen Licht hereinfällt und dass an den beiden Schmalseiten der Truhe Grifflöcher sind, so groß, dass ich meine Hand durchstecken kann. Und wo meine Hand durchpasst, da kommt auch Luft durch. Ersticken werde ich also nicht.

Dafür vielleicht verhungern. Oder verdursten. Und nie meine Aufgabe lösen. Nie von Atlantis wegkommen.

Und alles nur wegen einem blöden Messer.

Ich fange an zu heulen.

Thorsten sagt, man flennt nicht wegen jeder Kleinigkeit. Klar, das weiß ich auch, schließlich ist das alles andere als cool, und normalerweise heule ich nicht so schnell. Aber das hier, das ist wirklich keine Kleinigkeit. Da würde sogar Thorsten heulen.

Wenn er bloß da wäre und mich befreien könnte! Dann dürfte er ruhig »Baby« zu mir sagen.

Ich glaube, ich werde verrückt, wenn ich noch lange hier drin bin.

Jemand schlägt gegen die Truhe, dass es nur so dröhnt. »Na, was ist«, höre ich die Stimme von Krk, »sagst du mir jetzt, wie man Eisen gießen kann und wie man es so hart und sauber bekommt wie dein Messer?«

»Lassen Sie mich raus, bitte, ich gebe Ihnen alle meine Jackenknöpfe, an meiner Hose ist auch noch einer, und mein Messer können Sie auch behalten, aber wie man es macht, das weiß ich doch nicht, wirklich, ich habe keine Ahnung!«

»Dann bleibst du da drin, bis du schwarz wirst!«, antwortet Krk und tritt noch einmal gegen die Truhe.

Jetzt ist es wieder still. Nur ein leises, schnelles Klappern höre ich noch. Das sind meine Zähne. Sie schlagen einfach aufeinander, ich kann nichts dagegen tun.

Ich klappere eine ganze Zeit vor mich hin. Eine endlos lange Zeit. Und nicht nur meine Zähne zittern. Alles an mir zittert. Meine Beine und meine Arme und meine Hände und sogar mein Kopf.

Da höre ich, wie die Tür geht und eine Stimme über der Truhe flüstert: »Kai? Ich bin es, Aoja! Du musst Durst haben, und Hunger! Ich schieb dir einen nassen Schwamm durch das Loch und ein Stück Brot, was anderes habe ich nicht, vielleicht kann ich dir heute Nacht mehr bringen, pass auf!«

Ein kleiner nasser Schwamm landet mir mitten im Gesicht und dann folgt auch ein Stück Brot. Ich nehme den Schwamm in den Mund und zutschle ihn aus. Das tut gut.

»Ich muss wieder gehen«, flüstert Aoja. »Krk kann jeden Augenblick zurückkommen.«

»Warte!« Vor Aufregung überschlägt sich meine Stimme. »Kannst du nicht das schwere Ding wegtun, das er auf die Truhe gestellt hat?«

»Es ist ein Mahlstein, der ist viel zu schwer für mich. Und außerdem – Krk bringt mich um, wenn ich das mache! Tut mir wirklich Leid.«

So wie sie das sagt, »Krk bringt mich um«, klingt es nicht nach einer Redensart, ganz und gar nicht.

»Aoja«, flüstere ich noch einmal, aber da höre ich schon die Tür gehen. Sie ist weg.

Aber dass sie da war, das ist gut. So gut wie noch nie etwas auf der Welt. Heute Nacht kommt sie wieder. Keine schöne Aussicht, vielleicht bis heute Nacht hier drinbleiben zu müssen. Aber jetzt bin ich wenigstens nicht mehr ganz und gar verlassen. Und zittere nicht mehr.

Ich stecke das Brot in meine Hosentasche. Für alle Fälle. Dann mache ich die Augen zu. So sehe ich nicht, dass ich in einer finsteren Truhe liege, und kann mir vorstellen, ich läge daheim in meinem Bett und Felix läge unter meinem Bett, so lange, bis Mama mir Gute Nacht sagen käme, und wenn Mama wieder gegangen wäre, dann würde er auf mein Bett springen, denn er weiß genau, dass er das nur darf, wenn sie nicht da ist, und dann würde er sich auf meinen Füßen zusammenrollen und seinen Motor anstellen, so nenne ich das immer, wenn er ganz laut schnurrt.

Als wir Felix bekommen haben, war er noch richtig klein. Sein Köpfchen hat leicht in meine Hand gepasst. Anfangs war er noch ein bisschen ängstlich, aber Claudia und ich haben ihm eine Höhle in einem Pappkarton gemacht, Claudia hat sie sogar mit ihrem Lieblingsschal ausgepolstert, ein richtig kuscheliges Nest war das, aber nach ein paar Tagen hat sich Felix nicht mehr darin versteckt, weil er sich schon an uns gewöhnt hatte. Vor allem an Claudia und mich, denn wir waren seine Lieblingskatzeneltern. Wenn wir nebeneinander auf Claudias Bett gesessen haben und Claudia mir vorgelesen hat, dann ist Felix auf uns herumgeturnt oder er hat sich uns auf den Schoß gesetzt und wir haben ihn gestreichelt. Und einmal, als wir am Fußboden gesessen und »Der Schatz der Inka« gespielt haben, ist Felix über das Spielbrett gelaufen und hat die Inkatempel auf dem Brett verschoben und man hat gesehen, unter welchem Tempel ein Schatz lag, und wir haben aufgehört zu spielen und nur noch mit Felix herumgetobt. Schön war das, Claudia, Felix und ich.

Papa hat gesagt, wir haben Felix verwöhnt. Weil Claudia ihm immer die Hälfte von ihrem Lachs aufgehoben hat, dabei ist gegrilltes Lachssteak ihr Lieblingsessen, aber das von Felix eben auch. Von mir hat er auch die Hälfte bekommen. Ich mag Fisch sowieso nicht so besonders.

Plötzlich höre ich ganz nah eine leise Stimme und mache die Augen auf und sehe niemanden, nur schwach die Unterseite des Truhendeckels und ein paar Ritzen darin. Erst begreife ich nicht, was los ist. Aber jetzt kapiere ich: Es ist Bastet, sie sitzt auf der Truhe und spricht mit mir.

»Wie lange gedenkst du noch untätig in diesem Behältnis zu liegen?«, fragt sie mich. Die Frage ist eine Unverschämtheit, als ob ich freiwillig hier drin wäre! Aber so etwas sagt man zu einer Göttin lieber nicht, und außerdem bin ich heilfroh, dass sie da ist.

»Was soll ich denn tun?«, flüstere ich zurück. »Krk hat

mich hier eingesperrt und lässt mich nur heraus, wenn ich ihm sage, wie man ein Eisenmesser macht, und das weiß ich nicht!«

»Ach wirklich?«, antwortet sie kühl. »Ich denke, du gehst in die Schule? Schläfst du dort statt zu lernen?«

»Also hör mal! So was lernt man in der Schule doch nicht!«

»Nicht? Aha!« Sie schweigt. Ich glaube, sie denkt nach.

»Kannst du es mir sagen?«, frage ich.

Mir scheint, ich habe sie beleidigt. Jedenfalls gibt sie lange keine Antwort, und dann hört sie sich ziemlich abweisend an: »Es ist nicht meine Aufgabe, mich um das Metallhandwerk zu kümmern!«

Meine auch nicht, denke ich, sage aber nichts. Und dann fällt mir etwas ein: Vielleicht ist es ja doch meine Aufgabe! Hier in Atlantis, meine ich. Und wenn ich das geschafft habe, dann kann ich wieder nach Hause.

Klar, so muss es sein. Sonst hätte Bastet das nicht gesagt, das von der Aufgabe. Das war also ihr Hinweis. Deutlicher kann man es eigentlich kaum machen.

Aber es ist eine blöde Aufgabe. Woher soll ich denn wissen, wie man ein Schwert aus Eisen gießt! Und ausprobieren kann ich es auch nicht, schließlich bin ich in dieser Truhe eingesperrt. Irgendwie muss ich erst mal hier herauskommen. Ich fange an zu betteln: »Bastet, hilf mir doch! Kannst du mich hier bitte befreien?«

»Wenn du damit meinst, ob ich dir den Deckel dieser Truhe anheben kann: Mitnichten! Ich möchte dich noch einmal darauf hinweisen, dass das Kontingent deiner Wünsche erfüllt ist. Ich kann dich lediglich ermuntern, deine Geistesgaben zu gebrauchen und dich selbst zu befreien.

Welche Kenntnisse über Messer oder über Eisen stehen dir zu Gebote?«

Ich stöhne. »Keine, verdammt noch mal! Woher auch! Es gibt zwar eine Kinderserie im Fernsehen, die zeigen manchmal so Sachen, *Die Sendung mit der Maus* –«

»*Die Sendung mit der Maus*?«, fragt Bastet interessiert. »Das hört sich viel versprechend an!«

»Ist es auch. Aber über Messer oder Eisen habe ich da noch nie was gesehen.«

»Ach. Und in Büchern gelesen?«, fragt Bastet weiter. »Ich meinte bemerkt zu haben, dass du nicht gänzlich ohne Bildung seist.«

»Danke, sehr freundlich!«

Im Stillen gehe ich meine Bücher durch. Das Katzenbuch. Das Ritterbuch. Das Ägyptenbuch. Die Geschichte von Ronja Räubertochter. Die Geschichte von dem Mädchen, das einer Diebesbande auf die Spur kommt. Dann denke ich an die Bücher, die Claudia mir vorgelesen hat. *Momo.* Das Märchenbuch. Das Buch mit den deutschen Heldensagen –

Die Heldensagen!

Da gab es die Geschichte von Siegfried, der sich im Wald bei einem bösen Schmied selbst ein Schwert schmiedet, ehe er den Drachen tötet und den Schatz der Nebeljungen findet. Die Geschichte war etwas altmodisch erzählt, selber hätte ich das nie gelesen, aber Claudia mag so etwas, ich höre noch richtig ihre Stimme und weiß fast noch jedes Wort.

»Krk!«, schrei ich, und noch mal: »Krk! Ich muss Ihnen was sagen!« Ich höre die Tür.

»Lassen Sie mich raus, mir ist etwas eingefallen, ich weiß jetzt, wie Jung-Siegfried sein Schwert geschmiedet hat!«, ruf ich und wiederhole, was ich von der Sage noch weiß, wie Claudia sie vorgelesen hat: »Als Siegfried zum Schmied kam, da hielt der nämlich mit der Zange einen langen rot glühenden Eisenstab, und zwei kräftige Gesellen hämmerten ihn mit mächtigen Schlägen zum Schwert, sodass die Funken nach allen Seiten stoben, und der Schmied härtete den glühenden Stahl in einem Wasserbottich, sodass der Dampf in weißen Wölkchen aufzischte, und als Siegfried es versucht hat, da hat er so fest zugeschlagen, dass sich der Amboss tief in den felsigen Boden bohrte und der Hammer zersplitterte und der Schmied Angst vor ihm bekam und Siegfried nach dem Leben trachtete. Lassen Sie mich raus, jetzt wissen Sie alles, was ich weiß!«

Ich höre, wie Krk stöhnend den Stein von der Truhe wuchtet. Der Deckel öffnet sich. Ich sehe sein bärtiges Gesicht über mir und kann mich vor Angst auf einmal nicht rühren.

Krk packt mich am Kragen meiner Jeansjacke, hebt mich mit einer Hand aus der Truhe und stellt mich auf den Boden.

»Was faselst du da?«, sagt er und dreht meine Jacke enger, sodass ich fast keine Luft mehr kriege. »Ich soll meinen Amboss im Boden versenken und meinen Hammer zersplittern, willst du mich zum Narren halten?!« Er dreht noch fester.

Ich kann nur noch krächzen. »Nein, nein, das haben Sie falsch verstanden, den Amboss brauchen Sie nicht versenken und den Hammer nicht zersplittern, das ist Siegfried aus Versehen passiert, weil er so stark war. Sie sollen nur das Eisen zum Glühen bringen und mit dem Hammer draufschlagen, und dann sollen Sie es im Wasser abkühlen, so hat es Siegfried gemacht, und sein Schwert war so hart und so scharf, dass er damit den Drachen töten konnte.«

»Den Drachen?«, fragt er und schaut mich misstrauisch an. »Wer ist überhaupt dieser Siegfried? Euer Eisengießer? Mit dem Hammer, sagst du, er macht das Eisen nicht im Tiegel flüssig? Er gießt es nicht in Formen wie Bronze? Wie wird aus so einem Eisenklumpen ein Schwert, nur weil ich ihn mit dem Hammer bearbeite? Für wie blöd hältst du mich?!«

Gleich dreht er mir die Luft restlos ab. »Bei Siegfried ist

es gegangen«, japse ich, aber so ganz sicher bin ich mir auch nicht, doch da fällt mir zum Glück ein Sprichwort ein, das ich vom Sprichworteraten kenne, das ich früher mit Claudia und Thorsten gespielt habe, bis ich keine Lust mehr hatte, weil ich immer dabei verloren habe: »Schmiede das Eisen, solange es heiß ist.« Also scheint zu stimmen, was in der Heldensage steht, und ich sage zu Krk: »Das Eisen muss nur richtig heiß sein, wenn man es schmiedet.«

Er lässt mich los und stellt mir noch eine Menge Fragen, auf die ich keine Antwort weiß, aber er sieht nicht mehr wütend aus, sondern eher nachdenklich, und dann schiebt er mich vor sich her zu einer Tür, tritt sie mit dem Fuß auf und stößt mich in eine Kammer.

»Hier drin bleibst du, bis ich ausprobiert habe, ob an dem, was du gesagt hast, was dran ist! Was sage ich, du bleibst hier, bis ich ein Eisenschwert geschmiedet habe. Wenn es klappt, dann lasse ich dich frei, und keinen Augenblick eher! Und wenn nicht ...«

Er redet nicht weiter. Ist auch nicht nötig. Ich kann es mir so ungefähr vorstellen.

Er geht aus dem Raum und zieht die Tür hinter sich zu. Ich höre, dass er sie mit einem Balken verrammelt.

Ich bin allein.

Es ist ziemlich dunkel hier drin, die Kammer hat nämlich kein Fenster, sondern nur so eine winzige Luke, die ist viel zu klein, um hindurchzuklettern. Nicht einmal mein Kopf passt durch.

Da habe ich mich aus der Truhe befreit, aber eingesperrt bin ich immer noch.

So habe ich mir ein Abenteuer nicht vorgestellt.

Draußen scheint die Nachmittagssonne. Komisch, ich

hätte gedacht, es müsste mindestens schon Nacht sein, so lang kam mir die Zeit in der Truhe vor.

Ich hole das Stück Brot aus meiner Hosentasche und esse es auf. Ich kaue ganz langsam, aber es ist trotzdem bald zu Ende.

Hier in der Kammer ist es immerhin besser als in der Truhe. Aber gut ist es hier auch nicht. Wirklich und wahrhaftig nicht.

Mir reicht es von Atlantis. Und der Schatz interessiert mich auch nicht mehr. Ich will nur noch eines: nach Hause.

Hoffentlich gelingt Krk das mit dem Eisenschwert. Wenn die Handwerker hier von mir gelernt haben, wie man Sachen aus Eisen macht, dann ist meine Aufgabe erfüllt und ich kann wieder heim.

Aber wenn es so nicht geht, wie ich gesagt habe, es war doch nur eine Sage und ein Sprichwort …

Jetzt klappern meine Zähne doch wieder und meine Beine sind wie Pudding. Wackelpudding.

In der Kammer steht ein schmales Bett. Ich lege mich darauf und starre zu der Fensterluke. Da sehe ich etwas Schwarzes, das von außen hereinspringt.

Bastet. Sie kommt zu mir aufs Bett.

Ich halte sie im Arm und kraule ihr weiches Fell und heule wieder ein bisschen, aber nur ein bisschen.

Bastet leckt mir die Tränen von den Wangen. Ihre Zunge ist rau und trocken und macht so ein schönes Gefühl.

Jetzt heule ich nur noch, damit sie nicht aufhört zu lecken.

Es gibt nichts Besseres auf der Welt als eine Katze im Arm, wenn man Angst hat und keinen Menschen, der einem hilft.

4

Psst, Kai!«, flüstert es draußen. Ich schiebe Bastet zur Seite und schleiche zur Luke. Es ist Nacht, aber ich kann undeutlich einen Kopf vor dem dunklen Himmel erkennen.

Bestimmt ist das Aoja, die ihr Versprechen wahr macht. Ich bin schon die zweite Nacht hier in der Kammer, und letzte Nacht hat Aoja mir auch zu essen und zu trinken gebracht, und sie hat gesagt, dass sie es diese Nacht wieder tut.

Es ist nicht Aoja. Es ist Rhtih. Er schiebt mir einen Krug Wasser durch die Luke. »Hier«, flüstert er, »trink! Aoja kann nicht kommen, Krk lässt sie nicht vom Ofen. Er arbeitet wie wild. Mich hat er Wasser holen geschickt, sonst hätte ich auch nicht weggekonnt.«

»Gelingt ihm das mit dem Eisen?«, frage ich schnell.

»Schon möglich«, sagt Rhtih. »Heute flucht er nicht mehr die ganze Zeit, so wie gestern. Und immer wieder bringt er das Eisen bis zur Weißglut, hämmert darauf herum und kühlt es im Wasser wieder ab. Das Stück Metall wird zwar immer kleiner, aber das macht ihm anscheinend nichts, jedenfalls flucht er nicht mehr, aber ist ganz aufgeregt. Doch, ich glaube, er schafft es.«

Puh. Bin ich erleichtert. Mir wird auf einmal ganz schwach in den Knien.

Also komme ich hier raus und kann wieder nach Hause.

Wenn ich Thorsten erzähle, dass ich denen in Atlantis beigebracht habe, wie man ein Schwert aus Eisen schmiedet – das ist fast so gut wie in einer Talkshow aufzutreten. Und wenn ich Claudia von Bastet erzähle –

Rhtih hat inzwischen irgendwas gesagt von Feuerschüren und Wasserschleppen und Holzkohleholen, aber das habe ich nicht so genau mitbekommen. Doch jetzt höre ich ihm wieder zu.

»Ich hoffe nur, wir fallen nicht vorher vor Erschöpfung tot um, Aoja und ich«, sagt er gerade. »Jetzt muss ich gehen, sonst schlägt er mich wieder.«

Plötzlich habe ich ein Ziehen im Bauch. »Warum tut er das, das darf er doch nicht, euch so schuften lassen und euch schlagen und – hilft euch denn keiner?«

Rhtih gibt ein seltsames Schnauben von sich. »Er kann mit uns machen, was er will. Wir sind seine Sklaven. Wenn uns einer helfen könnte, dann wäre das nur der König, aber der hat uns ja selber an Krk verkauft!«

»Und die anderen Könige?«, frage ich. »Kann euch von denen keiner helfen, ihr habt doch zehn, die gemeinsam regieren?«

Ich kann richtig hören, wie Rhtih erschrocken die Luft einzieht. »Bist du wahnsinnig?!«, stößt er hervor. »Du musst lebensmüde sein!« Damit dreht er sich um und huscht davon.

Da stehe ich nun und kapiere gar nichts mehr. Was ist so schlimm daran, wenn man nach den anderen neun Königen fragt? Wenn das falsch ist, dann kann er das doch sagen, ohne gleich zu ersticken wie meine Schwester bei einem Asthma-Anfall.

Wovor hat Rhtih bloß so viel Angst?

Na ja, dass er vor Krk Angst hat, kann ich verstehen.

Wenn ich mir vorstelle, ich müsste für immer und ewig bei diesem schrecklichen Krk bleiben und so schuften wie Aoja und Rhtih und würde dauernd Schläge bekommen …

Das mit den Sklaven ist eine Gemeinheit. Ich glaube, es ist gut, dass Atlantis untergeht.

Ach du liebe Zeit! Daran habe ich ja gar nicht mehr gedacht. Irgendwann geht Atlantis unter, und wenn das geschieht, bevor Krk sein Eisenschwert fertig hat, sitze ich hier fest. Ich kann zwar gut schwimmen, ich habe sogar das goldene Jugend-Schwimmabzeichen, siebzehn Meter Streckentauchen habe ich geschafft, obwohl man nur fünfzehn dafür braucht, aber ob Schwimmen hilft? Jedenfalls nicht, solange ich hier in diesem Haus gefangen bin, dann geht es mir wie den Leuten in dem Fernsehfilm, die in einem untergehenden Schiff waren und die nicht aus ihrer Kabine herausgekommen sind, weil die Tür verklemmt war, und dann ist das Wasser zu ihnen hereingestürzt und sie sind –

Ich muss an etwas anderes denken. Claudia sagt, wenn man Angst hat, muss man ganz fest an etwas anderes denken.

»Genau«, meint Bastet, »denk an etwas anderes. An diese interessante *Sendung mit der Maus* zum Beispiel!«

Bastet kann sogar Gedanken lesen. Aber sie ist ja auch eine Göttin.

Ich erzähle ihr von der Maus und dem kleinen Elefanten und von den Geschichten, die sie miteinander erleben, und dann lege ich mich wieder aufs Bett, und Bastet legt sich zu mir und schnurrt meine Angst weg, denn das kann sie, Ehrenwort.

Ich habe sogar geschlafen. Ziemlich lange anscheinend. Jedenfalls ist es hell, die Sonne leuchtet mir ins Gesicht und Bastet turnt auf mir herum, springt nach dem Sonnenstrahl und fängt die Staubkörnchen, die darin tanzen. Ihr Schwanz fährt mir über das Gesicht. Ich muss niesen.

»Gesundheit!«, sagt eine Stimme von der Fensterluke her. Ich schaue hin und sehe den Kopf von Aoja.

»Guten Morgen«, sagt sie, »oder besser gesagt: Guten Mittag! Hier, ich habe etwas zu essen für dich!« Sie schiebt mir eine Schale durch die Luke.

Ich bin so froh, dass sie da ist, dass ich plötzlich gar nicht

weiß, was ich sagen soll. Aoja ist das netteste Mädchen auf der ganzen Welt.

Ich stehe auf und gehe zum Fenster. Als ich die Schale mit dem grauen Brei nehme, streife ich aus Versehen ihre Hand. Ganz kurz nur. Aber trotzdem.

Ich muss erst einmal schlucken. »Danke«, bringe ich dann heraus.

»Hirsebrei«, sagt sie, »habe ich gekocht. Schmeckt gut.«

»Bestimmt«, sage ich. Normalerweise mag ich so was nicht. Aber heute und wenn Aoja es selbst gekocht hat, für mich …

Aoja hat dunkle Ringe unter den Augen, fast so schwarz wie ihre Haare. »Hast du heute Nacht überhaupt geschlafen?«, frage ich.

Sie schüttelt den Kopf. »Nein, wir haben das Feuer in Gang halten müssen. Aber heute Morgen ist Krk gelungen, was er versucht hat. Ein silbrig schwarzes Metall, das ganz hart und rein ist. Er hat eine Messerklinge daraus zurechtgeschlagen, für ein Schwert war es viel zu wenig Eisen, aber dieses Messer ist unglaublich scharf, nachdem er es an einem Stein gewetzt hat. Krk war ganz außer sich und ist gleich zum König gelaufen. Deshalb kann ich jetzt auch mit dir reden.«

»Dann lässt er mich nun wieder frei!« Vor Aufregung verschlucke ich mich fast.

»Hoffentlich«, sagt Aoja.

»Hoffentlich? Ich meine, ist das nicht sicher? Er hat es versprochen!«

»Was Krk versprochen hat, ist nur sicher, wenn es etwas Schlimmes ist.«

Mir wird ganz schlecht. Ich will weg, ich muss weg sein,

ehe Krk vom König zurück ist, aber wie komme ich hier raus?

Es gibt nur eines: Aoja und Rhtih müssen mich rauslassen. Aber das tun sie nicht, weil sie Angst vor Krk haben.

Dann weiß ich die Lösung: Wenn sie mit mir weglaufen würden, dann könnten sie mich befreien, dann könnte Krk ihnen ja nichts mehr tun. Und Aoja und Rhtih kennen sich in Atlantis aus und wissen, wo wir uns vor Krk verstecken können, vielleicht bei ihren Eltern. Gemeinsam ist es sowieso besser.

»Aoja«, fange ich an, »wenn Krk so gemein zu euch ist, warum lauft ihr dann nicht heimlich weg von ihm, am besten jetzt gleich, und ich komme mit euch mit, zu dritt sind wir stärker!«

»Weglaufen?«, fragt Aoja. »Wohin denn! Jeder sieht doch an unseren kurz geschorenen Haaren, dass wir Sklaven sind! Keiner nimmt uns auf! Und dann fängt man uns und bringt uns zu Krk zurück und er schlägt uns halb tot und alles ist noch schlimmer als vorher.«

Mein Mund ist ganz trocken. »Habt ihr keine Eltern?«

Sie schüttelt den Kopf. »Unsere Mutter ist schon vor langer Zeit gestorben. Und unser Vater – ich weiß nicht, wo er ist. Ich weiß nicht einmal, ob er noch lebt.«

»Warum weißt du das nicht?«

Ihre Augen werden noch größer. »Er ist in Ungnade gefallen beim König. Krk sagt, wenn ich Glück habe, dann ist mein Vater gefangen. Wenn der König ihn nicht viel furchtbarer bestraft hat. Oder wenn der Drache ihn nicht schon längst gefressen hat.« Sie spricht nicht weiter.

»Was denn für ein Drache?«, frage ich.

»Der Drache eben«, flüstert Aoja. »Der Drache des Königs, den es hier gibt, seit König Aldegros der alleinige Herrscher von Atlantis ist. Ich weiß nicht, wo er haust, keiner, den ich kenne, hat ihn gesehen, aber irgendwo hier auf der Insel ist er, ich glaube, in einer Höhle. Es heißt, er bewacht die Gefangenen und speit Feuer und frisst Menschen und ist unbesiegbar, und wenn er nun meinen Vater –«

»Also hör mal«, sage ich, »auf solche Kindermärchen fällst du doch wohl nicht herein! Das hat sich Krk bloß ausgedacht, um dir Angst einzujagen. Drachen gibt es doch gar nicht!«

»Du hast ja keine Ahnung«, erklärt Aoja. »Und ob es den Drachen gibt! Mein Vater hat das auch gesagt, früher, und mein Vater lügt nie.«

Lügen vielleicht nicht, aber spinnen, denke ich, doch ich sage es nicht, denn ich will sie ja nicht beleidigen. Außerdem konnten die Leute früher nichts dafür, wenn sie so abergläubisch waren, die wussten es eben nicht besser. Trotzdem – an Drachen zu glauben! Wenn Aoja noch lange von dem Drachen faselt, kann ich mir das Lachen nicht mehr verkneifen, und damit würde ich sie bestimmt auch beleidigen. Darum frage ich schnell: »Wie war das überhaupt mit deinem Vater? Was heißt das: Er ist in Ungnade gefallen?«

»Mein Vater – er war der Hohepriester im Poseidontempel und hat die Zukunft in den Sternen gesehen und den König gewarnt, aber der König ist zornig geworden und hat …« Sie bricht ab. »Hast du den Pfiff gehört?«, sagt sie hastig. »Das ist Rhtih. Krk kommt zurück. Ich muss weg!« Sie rennt davon.

Die ganze Sache ist seltsam, auch ohne den Drachen, auf den ich natürlich nicht hereinfalle. Wieso hat der König

Aoja und Rhtih als Sklaven an Krk verkauft, wenn ihr Vater der Hohepriester im Poseidontempel war? Und was hat ihr Vater in den Sternen gesehen – doch nicht etwa den Untergang von Atlantis? Und wo ist er jetzt?

»Ja, ja«, meint Bastet. »Fragen über Fragen. Übrigens sind Fragen dazu da, gelöst zu werden!«

Ehe ich ihr antworten kann, sehe ich draußen Krk vorbeigehen. Zwei mit Bronzeschwertern und Lanzen bewaffnete Soldaten begleiten ihn. Aber das scheint nichts Schlimmes zu sein, denn Krk strahlt über das ganze Gesicht.

Ich glaube, das ist gut für mich.

Hoffe ich wenigstens.

Ich höre seine Schritte, höre, dass er den Balken von meiner Tür zurückschiebt. Schnell stoße ich die Breischüssel unter das Bett. Krk darf bestimmt nicht wissen, dass Aoja mich mit Essen versorgt.

Krk steht in der Tür. »Du da! Komm her! Du gehst jetzt mit diesen beiden Kriegern. Der König will dich sehen. Ich gebe dir einen guten Rat, ganz umsonst: Bring ihn nicht in Zorn, sonst endest du als Kaninchen am Bratspieß! Und nun geh, mach schon!«

Die Krieger greifen sich einfach meine Arme und gehen mit mir davon. Bastet folgt uns mit hoch erhobenem und dick gebuschtem Schweif. Unter dem Vordach kann ich gerade noch Rhtih und Aoja sehen, die mich ganz erschrocken anschauen, dann bin ich schon in der Gasse und kurz darauf mitten auf dem großen Platz, und dann gehen wir an einem schnurgeraden Kanal entlang auf der breiten Straße zum Palast, der erhebt sich vor uns auf einem Hügel und strahlt und glitzert und ist von drei breiten Wassergräben umgeben, über die ebenso Brücken führen wie über den Kanal.

Je weiter wir gehen, desto weniger Menschen begegnen uns. Schließlich ist nur noch ein Ochsenkarren vor uns, der ein paar riesige Vasen transportiert, die sind so groß, dass man halbe Bäume als Blumenstrauß reinstecken könnte.

Wir kommen zu der Brücke, die den ersten Wassergraben überquert. Rechts und links neben der Brücke steht ein Holzturm und vor jedem Turm ein Wachposten, der eine Lanze mit einer Bronzespitze hat, die größer ist als meine Hand. Die Wachposten fragen den Fahrer des Ochsenkarrens, was er in den Vorratsgefäßen hat, und er antwortet: Wein, Öl, Getreide und Feigen. Uns fragen sie nichts, sondern lassen uns einfach durch. Wir gehen an einer Brücke, die über den Kanal führt, vorbei und an etwas, das fast wie ein Sportplatz aussieht, mit Zuschauertribünen aus Marmor, und dann ist da schon die nächste Brücke über den nächsten Wassergraben und dahinter wieder ein Streifen Land. Hinter der dritten Brücke ragt eine hohe Mauer aus einem glänzenden gelben Stein auf, ich glaube fast, das ist Bernstein. Dann sehe ich den Drachen.

Ich muss schlucken. Obwohl ich gleich merke, dass er nur aufgemalt ist, mit roter Farbe auf das Tor in der Mauer. Aber er sieht wirklich schrecklich aus, mit einem riesigen spitzen Schweif und Schuppen wie dieser gepanzerte Dinosaurier und mit mindestens acht Köpfen und Mäulern wie Tyrannosaurus Rex, nur dass aus denen auch noch Feuer herauskommt.

Aber dann muss ich grinsen. Solche Monster gibt es nur in Märchen oder in Computerspielen, in Wirklichkeit hat es die nie gegeben, auch nicht zur Zeit von Atlantis, das weiß doch jedes Kind. In meiner Zeit jedenfalls. Aber damals haben die eben noch an solchen Kram geglaubt, und jetzt weiß ich wenigstens, wo das Gerede von dem Drachen herkommt: von dem Bild auf diesem Tor. Wahrscheinlich ist es das Wappen des Königs. Das wäre also geklärt, und wenn alles so harmlos ist wie dieser Drache, dann habe ich nichts zu befürchten.

Neben dem Tor ist ein großer Bogen in der Mauer, unter dem der Kanal hindurchführt. Der Bogen ist mit einem Fallgitter aus Holzbalken verrammelt, wahrscheinlich um zu verhindern, dass man mit einem Boot in den Palast hineinfahren kann.

Der Palasthügel ist streng bewacht. Vier Krieger stehen vor dem Tor, andere gehen auf der Mauerkrone auf und ab oder schauen vom Torturm herunter, und alle machen grimmige Gesichter. Aber uns lassen sie hinein. Bastet huscht so schnell durchs Tor, dass die Wächter sie gar nicht sehen, und verschwindet zwischen blühenden Büschen.

Hinter der Mauer ist ein kleines Hafenbecken mit einer Galeere wie bei *Ben Hur*, das ist ein Film, den ich aus dem Fernsehen kenne. Ich habe ihn mit Claudia zusammen angesehen, in den Werbepausen hat sie mir eine Menge dazu erklärt, sie lernt nämlich Latein in der Schule und kennt sich aus mit den Römern. So prächtig wie bei Ben Hur in Rom sieht es hier mindestens aus.

Jetzt geht es bergauf durch einen Garten mit Wasserbecken und Springbrunnen, und als wir oben angelangt sind, packen mich die Krieger noch fester und schleifen mich an einem großen Haus vorbei, dessen Außenwände sind allen Ernstes mit Silber verziert und die Säulen sind vergol-

det. Wir kommen in den Palast, der ist ganz aus weißem Marmor und hat so viele Gänge und Treppen, dass ich bald nicht mehr weiß, wie ich hier je wieder herausfinden soll. Doch plötzlich sind wir da, in einem Saal mit roten Säulen und bunt bemalten Wänden – beim König.

Unwillkürlich muss ich blinzeln, so blendet er mich. Er trägt nämlich nicht nur eine goldene Krone, sondern ist über und über mit goldenem Schmuck behängt und sitzt auf seinem mit drei Stufen erhöhten goldenen Thron, die Sonne scheint auf ihn, alles glänzt und funkelt. Erst nach einiger Zeit merke ich, dass ich ihn mit offenem Mund anstarre, und mache den Mund schnell zu. Zum Glück schaut er mich gar nicht an und hat es nicht gemerkt. Ein Mann steht zu Füßen des Thrones, sie reden miteinander und sehen Tänzerinnen zu, die mit ihren Schleiern wehen. Hinter den Säulen kommt Musik hervor, Flöten und Trommeln und irgendein helles Becken, das fast wie das Hi-hat klingt, das ich mir wünsche. Das Musikstück endet und ich höre, wie der König zu dem Mann sagt: »... seit der alte Seher prophezeit hat, dass Waffen aus Eisen die ganze Welt erobern werden! Keinen Spruch fand ich dafür in dem Buch der sieben Siegel. Und ich habe vergebens meinen Willen darauf gerichtet, das Eisenerz zu läutern und durch das Feuer meiner Stärke in eine glühende Flüssigkeit zu verwandeln, so viel Kraft hat es mich gekostet, dass ich wochenlang krank war und grausame Schmerzen litt – und nun! Wer konnte auch ahnen, dass Eisen gar ...«

Die Musik setzt wieder ein, ich kann den König nicht mehr verstehen, aber ich kapiere sowieso nicht so richtig, wovon der redet. Jetzt winkt er mit der Hand und sofort verstummt die Musik und die Tänzerinnen und Musiker verschwinden. Die Krieger geben mir einen Schubs, sodass ich auf die Knie falle. Ich will aufstehen, aber der eine Krieger zischt mir zu: »Unten bleiben! Stirn auf den Boden!«

Vor dem König von Atlantis scheint man knien zu müssen wie vor dem Zaren von Russland in der alten Fernsehwerbung von der Suppe, für die der Koch das Rezept vergessen hat, weshalb er Angst hat, dass er enthauptet wird. Ich drücke die Stirn auf den Steinboden und plötzlich komme ich mir ganz erbärmlich vor und muss an das Kaninchen am Bratspieß denken. O Gott, bitte mach, dass der König von Atlantis nicht so ist wie der Zar von Russland!

»Steh auf, mein Junge, und komm näher zu mir«, sagt der König. Seine Stimme ist sehr freundlich. Ich rappele mich auf und sehe, dass er lächelt, und jetzt nickt er mir auch noch zu, als würde er sich richtig freuen mich zu sehen. Puh, bin ich erleichtert. Krk hat mir nur Angst einjagen wollen.

»Wie ist dein Name, und wo kommst du her?«, fragt der König.

Ich sage ihm meinen Namen, und weil mir unsere Gemeinde zu unbekannt vorkommt, nenne ich die nächste große Stadt und sage, ich komme aus Nürnberg. Das stimmt auch, so steht es in meinem Kinderpass, weil ich in Nürnberg im Krankenhaus geboren bin. Ich glaube, einen König darf man nicht anlügen, den hier jedenfalls nicht.

»Aus Nürnberg?«, fragt er und runzelt die Stirn.

Ich nicke, doch dann fällt mir ein, dass es Nürnberg ja noch gar nicht gibt, in seiner Zeit. Nürnberg ist zwar sehr alt, es hat eine Kaiserburg und einen tiefen Brunnen und eine richtige Stadtmauer mit dicken Türmen, aber ich glaube, zur Zeit von Atlantis gab es bei uns bloß Wald und Bären und Säbelzahntiger oder irgendsolche Tiere.

Zum Glück fragt der König nicht weiter, sondern schaut auf die ziemlich unscheinbare und krumme Messerklinge, die er in der Hand dreht und wendet, als sei sie etwas ganz Besonderes. »Dies hat Krk nach deinen Angaben hergestellt«, sagt er. »Es war klug von dir, dass du meinem Bronzegießer von eurer Kunst erzählt hast Eisen zu härten und zu schmieden. Ich werde dich reich dafür belohnen. Du wirst in meinem Palast wohnen, Sklaven werden dich bedienen, und alles, was du willst, steht zu deiner Verfügung. Nenne mir einen Wunsch!«

»Einen Wunsch?« Ich kann es nicht fassen. Eben noch war ich gefangen, und jetzt fragt mich der König von Atlantis nach einem Wunsch.

»Nun, weißt du nichts, was ich dir schenken könnte?« Der König lacht sogar ein bisschen.

»Doch, schon«, ich komme ins Stottern, »eben, als ich hereinkam, da habe ich Musik gehört, Flöten und Trommeln und noch etwas, so was Helles ...«

»Du meinst die Zimbeln? Dir gefällt ihr Klang?«

»Ja, ich ... es ist nämlich so, ich möchte es selber lernen, ich wünsche mir schon lange so etwas ...«

»Gut. Noch heute werden dir Zimbeln und andere Musikinstrumente gebracht, und Marfen, mein bester Musiker, soll dich darin unterweisen! Heute Abend lade ich dich ein, mit mir zu speisen.« Er klatscht in die Hände, Diener kommen herein, er gibt ein paar Anweisungen, und ich werde wieder hinausgeführt. Aber nicht so an den Armen gehalten, wie es die Krieger gemacht haben, sondern zwei Diener laufen vor mir her und drehen sich immer wieder höflich nach mir um und verbeugen sich und halten mir die Türen auf, und dann zeigen sie mir mein Zimmer.

Jetzt bin ich doch mitten im Märchen gelandet.

Der Raum ist mindestens dreimal so groß wie mein Zimmer daheim. Statt Fenstern hat er eine Wand mit drei roten Säulen, zwischen denen hindurch man einfach in einen kleinen Innenhof gehen kann, in dem ein Springbrunnen sprudelt und Blumen in allen Farben blühen. Zum Glück ist Sommer, im Winter stelle ich mir das hier nicht so gemütlich vor.

Einrichtung ist nicht viel in meinem Zimmer, aber an drei Seiten führt eine Steinbank die Wand entlang, und mitten im Raum steht ein großes Himmelbett mit blauen Vorhängen und jeder Menge Seidenkissen, das Bett ist so hoch, dass man ein paar Stufen hinaufgehen muss. Wenn man darin liegt, fühlt man sich bestimmt wie der König persönlich.

Dauernd geht die Tür auf und Diener bringen mir was. Krüge mit Fruchtsaft und Milch. Brot, Kuchen, Käse und Schinken. Einen Obstteller. Klebrige Süßigkeiten, die etwas seltsam aussehen, aber toll schmecken und so schön an den Zähnen pappen. Und dann die Musikinstrumente. Trommeln in jeder Größe. Becken aus Bronze oder Silber. Etwas wie eine zu klein geratene Harfe mit sieben Saiten. Eine Flöte, die zwei Löcher weniger hat als meine daheim und einen rauchigen Klang.

Ich komme gar nicht nach mit Essen und Trinken und Trommeln und Blasen und Zupfen.

Hoffentlich darf ich ein bisschen bleiben, bis ich alles ausprobiert habe. Das Bett ist so groß, da hat bestimmt niemand etwas dagegen, wenn ich Bastet mit hineinnehme. Wo ist sie überhaupt?

Ich suche im Innenhof, dann mache ich die Tür auf und schaue in den Gang, und da sitzt sie, direkt vor meiner Tür. Ich will sie auf den Arm nehmen, aber sie sträubt sich und rennt an mir vorbei in mein Zimmer und beginnt alles zu erforschen.

»Ist es nicht stark hier, Bastet?«, frage ich und setze mich zu ihr auf den Boden. »Hier lässt es sich aushalten, oder?«

Sie gibt keine Antwort. Schaut mich nur gelangweilt an, legt sich in einen Sonnenfleck auf den Boden und beginnt sich den Hintern zu lecken. Na ja, Katzen sind nun mal so.

Ich will versuchen, ob sie sich streicheln lässt, aber da klopft es schon wieder an der Tür. Diesmal kommt kein Sklave herein, sondern ein Mann, der sagt, dass er Marfen heißt und vom König den Auftrag hat, mit mir Musik zu machen.

Schnell stehe ich auf und strecke ihm die Hand hin. Er schaut etwas verwundert, dann nimmt er meine Hand, aber nicht so wie beim Händegeben, sondern er dreht sie mit der Handfläche nach oben, hält sie ans Licht und betrachtet sie. Dann streicht er leicht darüber und lächelt mir zu: »Eine gute Hand. Aus dir kann ein Musiker werden! Was hast du bisher für Instrumente gespielt?«

»Nur Flöte«, sage ich und muss mich erst einmal von meiner Verblüffung erholen. Handgeben scheint hier jedenfalls nicht üblich zu sein. »Aber ich möchte gern Schlagzeug spielen. Am liebsten die Zimbeln.«

Er nickt: »Nun gut, fangen wir mit den Zimbeln an!«

Er hat freundliche Augen. Ich glaube, bei ihm werde ich gerne lernen.

Wir setzen uns auf die Bank, er zeigt mir, wie man die Zimbeln an ihren Schlaufen hält, in jeder Hand eine, und wie man sie gleichzeitig aneinander streift und gegeneinander schlägt, sodass ein lange klingender Ton entsteht, der einfach stark ist.

Als ich es einigermaßen hinbringe, nimmt er sich eine Trommel und gibt damit einen Rhythmus vor und singt dazu ohne Worte, es klingt seltsam und trotzdem sehr schön, und ich merke ganz von selbst, wann ich die Zimbeln schlagen muss. Wir machen Musik und ich vergesse alles andere.

Schließlich hört Marfen auf, lächelt und nickt mir zu. »Nicht schlecht für den Anfang! Wie alt bist du?«

»Zehn. Zehneinhalb, um genau zu sein.«

»So alt wie mein Sohn, als ich ihn das letzte Mal gesehen habe.«

»Wieso das letzte Mal?«, frage ich. »Lebt er nicht hier bei Ihnen?«

»Nein. Meine Familie wohnt auf dem Festland. Ich sehe sie nur einmal im Jahr.«

»Aber warum denn?«, sage ich ganz erschrocken. Wenn ich mir vorstelle, ich würde Papa nur einmal im Jahr zu Gesicht bekommen, das würde mir nicht gerade gefallen. »Können Sie Ihre Familie nicht hierher holen?«

»Können schon«, sagt Marfen leise und auf einmal klingt seine Stimme irgendwie bitter, »aber nicht wollen. Es lebt sich gesünder weit weg vom Königspalast. Auch du, mein Junge, solltest schauen, dass du hier wieder wegkommst, sobald sich die erste Möglichkeit dazu bietet!«

»Aber wieso denn«, frage ich, »was ist denn los, liegt es an der Umwelt?«

»An der Umwelt?«, wiederholt Marfen, ich merke, dass er nicht kapiert, wovon ich rede.

»Na ja, ich meine an der Luft, oder so.«

Marfen lacht kurz auf. Es klingt alles andere als fröhlich. »An der Luft, ja, so kann man es sagen. Es atmet sich freier am Festland. Wo bist du eigentlich her?«

»Aus Nürnberg«, sage ich.

Er schüttelt den Kopf. »Noch nie gehört. Aber wenn du aus Nürnberg bist, dann solltest du schnellstens wieder dorthin zurückkehren. Hast du mich verstanden, Kai?« Er hat sehr leise gesprochen, zum Schluss fast nur noch geflüstert. Dann sagt er plötzlich laut: »So, das war es für heute. Morgen üben wir den Fingerwirbel«, und steht auf.

In diesem Augenblick öffnet sich die Tür und ein Sklave sagt, dass er mich zum Abendessen zum König geleiten will und dass ich mich vorher noch umkleiden muss.

Ich verabschiede mich von Marfen und lass mich von dem Sklaven in einen Raum führen, in dem ein Wasserbecken in den Boden eingelassen ist, ich bade und bekomme so einen weißen Lappen, den ich mir zwischen den Beinen durchziehen und um die Hüften wickeln muss, und die ganze Zeit muss ich darüber nachdenken, was Marfen mit der Luft gemeint hat. Ich finde sie gut, die Luft hier auf der Insel, richtig frisch und klar, jedenfalls viel besser als in Nürnberg.

Der Sklave begleitet mich zum König. Ich komme mir sehr blöd vor in dem weißen Lappen, so nackig. Aber hier laufen ja alle so rum.

Wir treten in einen großen Saal. Ein ewig langer Tisch steht darin, mit mindestens hundert niedrigen Hockern daran. Den König sehe ich nicht, aber überall stehen

Erwachsene herum und unterhalten sich leise. Mich schauen sie seltsam an und flüstern sich Bemerkungen zu, die ich nicht verstehen kann, aber ich merke genau, dass sie sich wundern, was ich hier mache. Keiner redet mit mir. Nur Marfen, der mit einigen anderen Musikern gemeinsam am unteren Ende des Saales leise musiziert, nickt mir zu und lächelt. Da geht es mir gleich etwas besser.

Endlich ertönt eine Fanfare und sofort ist es ganz still. Eine doppelflügelige Tür wird geöffnet und jemand ruft: »Huldigt dem großen und einzigen König von Atlantis! Beugt euch vor seiner unendlichen Macht und zittert vor seiner magischen Kraft! Denn unzählige Krieger gehorchen seinem Befehl, und selbst die Winde folgen seinem Willen!«

Na ja, unzählige Krieger, das lasse ich mir gerade noch

eingehen, vielleicht können die in Atlantis nicht weiter zählen als bis hundert oder bis tausend oder so. Aber das mit den Winden ist ja schon reichlich übertrieben. Es sei denn, seine eigenen Winde, ich meine, die aus seinem Bauch hinten raus, aber das kann ich auch. Ich muss grinsen.

Der König und die Königin schreiten feierlich herein und mir vergeht das Grinsen. Der König sieht unheimlich prächtig, stolz und unnahbar aus, und die Königin an seiner Seite wirkt irgendwie so, als hätte sie Angst vor ihm, trotz ihrem ganzen Schmuck und ihrem goldenen Kleid. Ich stehe da und starre und merke beinahe nicht, dass alle niederknien, schnell tu ich es auch. Erst als der König und die Königin sich oben an der langen Tafel niedergelassen haben, stehen alle wieder auf und setzen sich auch. Mein Platz ist ganz unten, mindestens dreißig oder vierzig Meter vom König entfernt.

Ich will hier weg.

Ich weiß auch nicht, was ich erwartet habe. Dass der König mit mir isst und sich mit mir unterhält wie Papa, zu fünft an einem runden Tisch?!

Das Geschirr ist aus Gold. Pausenlos werden Speisen und Getränke gebracht. Es sieht alles ganz gut aus, aber ich habe keinen Hunger.

Das Essen zieht sich endlos hin. Ab und zu schaut mich einer der Erwachsenen neugierig an, aber noch immer sagt keiner etwas zu mir. Ich bin das einzige Kind unter all diesen Leuten. Ich wollte, ich wäre daheim.

Endlich ist das Essen vorbei. Ein Mann beugt sich zu mir herab und sagt, dass der König mich zu sich befiehlt. Auch das noch. Ich folge dem Mann an die Spitze der Tafel.

Ich muss schon wieder niederknien, aber als ich die Stirn auf den Boden drücken will, winkt der König ab und erlaubt mir aufzustehen. Dann sagt er: »Erzähle von deiner Heimat! Berichte in allen Einzelheiten von Nürnberg!«

Ich kriege einen Schreck. Darauf war ich nicht vorbereitet. Was soll ich bloß erzählen? Ich kann ihm doch nicht sagen, wie es in Nürnberg aussieht, wenn ich von der S-Bahn und der U-Bahn und der Straßenbahn und den Autos erzähle, oder von den Kaufhäusern –

Er wird mir kein Wort glauben.

Soll ich ihm sagen, dass ich aus der Zukunft komme?

Nein, das geht nicht, bestimmt hält er mich für einen Lügner. Ob es hier einen Kerker gibt oder einen Pranger oder eine Folterkammer –

»Wir warten!«, sagt der König. Seine Stimme klingt streng. Sehr streng.

Ich habe mir inzwischen die Lippe blutig gebissen. »Also«, beginne ich zu stottern, »in Nürnberg gibt es eine große Burg.«

»Eine Burg?«, fragt der König und beugt sich vor. »Wie groß ist sie? Wie viele Türme? Was für eine Befestigung?«

Ich hole tief Luft. Jetzt weiß ich, was ich machen muss. Ein Glück, dass Mama mit mir die Burg und das Lochgefängnis und die Stadtmauer angeschaut und mir so viel dazu erzählt hat. Und dass ich das Ritterburgen-Buch habe.

5

Ich glaube immer noch, ich träume. Jeden Morgen beim Aufwachen geht es mir so. Dann liege ich hier in meinem Himmelbett zwischen seidenen Kissen und komme mir vor wie im Traum. Wie viele Tage sind es eigentlich schon, seit ich im Palast bin? Ich weiß nicht genau, die Zeit vergeht hier so schnell, weil es immer etwas Neues gibt.

Ich habe jetzt das größte Schlagzeug der Welt. Nicht ganz das, was ich mir ursprünglich vorgestellt habe, aber es ist trotzdem cool.

Ich kann hier einfach alles haben. Ich meine, das, was es in Atlantis halt gibt – keine Computerspiele und keinen Fernseher und keine Cola und so, aber sonst alles. Ich brauch bloß in die Hände zu klatschen, und schon geht die Tür auf und ein Sklave kommt herein und fragt mich nach meinen Befehlen.

Nach meinen Befehlen!

Wenn ich zu Thorsten sage, er soll mir mein Fahrrad in den Keller tragen, dann sagt er, ich spinne wohl. Und wenn ich zu Papa sage, mein Reifen verliert Luft, dann sagt er, na und, ich soll ihn eben flicken, er hat in meinem Alter die Fahrräder der ganzen Familie repariert. Und wenn ich vor dem Fernseher sitze und zu Mama in die Küche rufe, ob sie mir Erdnüsse oder einen Schokoriegel bringt, dann antwortet sie, es wird langsam Zeit, dass ich mir abgewöhne Befehle zu erteilen. Und wenn ich Claudia aus der Schule anrufe und sage, ich habe mein Turnzeug vergessen und sie soll es mir bringen, weil sie erst zur zweiten Stunde Unterricht hat und noch Zeit ist, bevor ihr Bus fährt, dann sagt sie, ich soll gefälligst selbst an meinen Kram denken und von ihr aus kann ich in der Unterhose turnen.

Aber hier springen sie, wenn ich nur den kleinsten Mucks mache.

In Atlantis ist überhaupt alles viel besser.

Für immer und ewig will ich natürlich nicht hier bleiben. Aber so lange, bis ich meine Aufgabe erfüllt habe, werde ich es mir gut gehen lassen. Das dauert noch ein bisschen, denn meine Aufgabe ist nicht in ein paar Tagen zu schaffen.

Bastet hat mir keinen einzigen Hinweis mehr gegeben und kein Wort mehr geredet. Sie tut so, als wäre sie eine ganz gewöhnliche Katze und keine Göttin. Aber mir ist auch ohne ihre Hilfe klar geworden, was meine Aufgabe ist. Das mit dem Eisen allein hat nicht gereicht. Ich soll den Atlantern überhaupt noch ein paar Sachen beibringen, die es bei ihnen nicht gibt und die sie dringend brauchen können, um so reich und mächtig zu werden, wie es in der Geschichte heißt. Ich bin nämlich dahinter gekommen, dass es noch lange dauert, bis Atlantis untergeht. Es ist vieles noch gar nicht so, wie es in dem Computerspiel beschrieben war. Es gibt keine zehn Könige und keine Bernsteinsäule, auf der die Gesetze stehen, und ein Heiligtum auf dem Königshügel gibt es auch nicht. Das muss alles noch werden. Bestimmt brauchen sie dafür noch viel mehr Reichtümer, und deshalb soll ich ihnen helfen mit meinen Erfindungen.

Ich habe mir schon zwei Erfindungen für sie ausgedacht. Das heißt, richtig erfunden habe ich sie nicht, den Flaschenzug hat mir Papa mal erklärt, und das Katapult auch.

Das ist nämlich meine zweite Erfindung, auf die ist der König unheimlich scharf. Er hat mich ausgefragt, was für Kriegsmaschinen wir in meiner Heimat haben, und als ich gesagt habe, das weiß ich nicht, weil ich ihm doch nichts von Panzern und Starfightern und Raketen erzählen konnte, da hat er die Augenbrauen hochgezogen und mich mit einem Blick angesehen – auf einmal ist mir ganz kalt geworden. Zum Glück ist mir dann das Katapult eingefallen, und als ich ihm davon erzählt habe, war er wieder freundlich.

Die Sache mit den Katapulten kenne ich aus den Asterix-Heften. In *Das Geschenk Cäsars* schleudert sich Asterix mit so einer Wurfmaschine im hohen Bogen selbst aus dem römischen Lager.

Als ich mir damals diese Dinger im Asterix-Heft angeschaut habe, konnte ich nicht kapieren, wie die funktionieren, und habe Papa gefragt. Der ist über dem Bild ganz schön ins Grübeln gekommen und hat vor sich hin gemurmelt: »Wie soll das denn gehen?« und »Da muss es doch irgendwo eine Feder geben!«, obwohl er sonst immer sagt: »Dem Ingenieur ist nichts zu schwör.« Dann ist er auf die Idee gekommen, dass man statt einer Feder ein fest gedrilltes Seil verwendet haben könnte, und er hat es mir erklärt. So genau wollte ich es eigentlich gar nicht wissen, aber dann hat er ein kleines Modell mit mir zusammen gebaut, und das hat Spaß gemacht. Als es fertig war, haben wir aus altem Brot Kügelchen geknetet, und die haben wir verschossen und Mama damit bombardiert, und sie ist unter dem Küchentisch in Deckung gegangen. Gekrochen, besser gesagt.

So was würde ich gern mal wieder machen mit Papa und Mama. Aber jetzt hat Papa ja seinen großen Auftrag und Mama hat ihre Ganztagsstelle, und ich bin immer noch in Atlantis.

Na ja, jetzt baue ich ein echtes Katapult, in groß. Ich selbst natürlich nicht, das machen die Handwerker, ich erkläre ihnen nur, wie sie es machen müssen. Und sie sind erstklassig. Wenn Papa etwas baut, dann hat er eine elektrische Säge und eine elektronische Bohrmaschine und lauter solche Maschinen. Als wir zusammen mein Baumhaus gezimmert haben, hat er sie mir erklärt und ich durfte sogar die Schrauben damit festziehen. Aber die Handwerker hier, die machen alles ohne Maschinen, sogar ein Katapult. Wenn es fertig ist, kann man richtig große Steine damit schleudern. Seine besten Handwerker hat der König darauf angesetzt. Weil er so was brauchen kann, wenn Feinde mit Schiffen im Hafen von Basileia landen wollen.

Auch Krk muss daran nach meinen Plänen arbeiten, das ist das Stärkste.

Den König habe ich schon ein paarmal gesehen. Er ist freundlich zu mir. Jedes Mal fragt er mich über Nürnberg aus. Ich erzähle ihm Sachen, die ich aus meinem Ritterburgen-Buch kenne, aber ich muss höllisch aufpassen, dass ich nicht aus Versehen von Autos rede, von der Eisenbahn oder vom Fernsehen. Dafür beschreibe ich die Kelche und

Kreuze aus Gold und Edelsteinen, die ich im Urlaub mal in einem Domschatz-Museum gesehen habe, und behaupte, die lägen in den Kellern der Nürnberger Burg, das interessiert ihn sehr. Und immer wieder fragt er genau nach den Stadtmauern und der Burg und den Befestigungen und den Kriegern und ob die Waffen wirklich alle aus Eisen sind. Ohne das Ritterburgen-Buch wäre ich völlig aufgeschmissen.

Gestern habe ich allerdings einen Riesenschreck gekriegt. Da hat er mich gefragt, wie ich mit dem Schiff von Nürnberg nach Atlantis gekommen bin, in allen Einzelheiten sollte ich es ihm berichten. Die Flüsse, auf denen wir gefahren sind, die Häfen, in denen unser Schiff angelegt hat, die Inseln im Meer, an denen wir vorbeigekommen sind, alles. Einen Augenblick habe ich gedacht: Jetzt ist es aus. Aber dann ist mir zum Glück eine Geschichte eingefallen, ich denke mir oft Geschichten aus, und so etwas Ähnliches hat Claudia mir auch mal vorgelesen. Ich habe ihm erzählt, dass ich von daheim weggelaufen bin, weil ich etwas angestellt hatte, und dass ich mich nachts auf einem Schiff versteckt habe, das auf der Pegnitz vor Anker lag, und als blinder Passagier im Lagerraum bis nach Atlantis gefahren bin, ohne ein einziges Mal an Deck zu kommen, weil ich Angst hatte, entdeckt zu werden. Ich habe ihm gesagt, dass ich nichts gesehen habe und die Reise furchtbar lang gedauert hat, aber dass ich im Finstern unter Deck die Tage nicht zählen konnte und dass ich nicht einmal weiß, wie das Schiff geheißen hat.

Ich glaube, das hat den König enttäuscht, denn er war ziemlich kurz angebunden und hat mich mit einer Handbewegung weggeschickt, als wäre ich ein Hund, ohne mich zu fragen, ob ich einen Wunsch habe. Aber sonst schenkt er mir dauernd etwas. Ich habe zwei Hunde bekommen, die ich Max und Moritz genannt habe, und Rosella, eine schöne dunkelbraune Stute. Ich lerne reiten, das habe ich schon lange gewollt.

Das Beste ist natürlich mein Schlagzeug und dass ich hier eigene Musiker habe, die mit mir spielen. Ihre Musik ist etwas seltsam, aber trotzdem kann man eine Menge lernen: Trommeln aus dem Handgelenk und Fingerwirbel und Rhythmus und so.

Leider kommt Marfen seit ein paar Tagen nicht mehr zu mir, und der Musiker, der mich jetzt unterrichtet, ist nicht so nett wie Marfen. Seit Marfen nicht mehr im Palast ist, macht mir das Reiten mehr Spaß als das Trommeln.

Nachher reite ich wieder. Ich mag sie sehr, meine Rosella, und es ist ein schönes Gefühl, auf ihrem Rücken zu sitzen und sich von ihr wiegen zu lassen. Ich kann sogar schon Trab, obwohl man hier ohne Sattel reitet und ganz schön aufpassen muss, um nicht runterzufallen. Aber Rosella tut fast alles, was ich will.

Bastet tut nicht alles, was ich will. Auch nicht fast alles. Sie ist überhaupt sehr seltsam, seit ich hier im Palast bin. Nicht nur, weil sie nicht mehr mit mir redet, das könnte ich irgendwie verstehen, vielleicht fürchtet sie ja, dass jemand es bemerken könnte, aber so fremd müsste sie doch nicht tun, nach allem, was wir schon gemeinsam erlebt haben.

Wenn ich sie in den Arm nehmen und mein Gesicht in ihr Fell drücken will, sträubt sie sich und springt wieder auf den Boden. Wenn ich ihr was zu fressen gebe, tut sie, als ob es eine Gnade sei, dass sie überhaupt Futter von mir annimmt. Und sie schläft nicht mehr in meinem Bett. Sie schläft auch nicht in dem Korb mit den weichen Polstern, den ich ihr habe machen lassen. Sie schläft auf dem Boden. Und manchmal hebt sie den Kopf und sieht mich lange an, und ich kann mir nicht helfen, er kommt mir vorwurfsvoll vor, ihr Blick.

Vielleicht gefällt es ihr nicht im Palast. Weil es hier nicht genug Mäuse gibt. Oder sie ist beleidigt, weil ich jetzt Rosella habe und Max und Moritz. Dabei ist das doch etwas ganz anderes. Auf Rosella reite ich und mit Max und Moritz tobe ich herum und lass sie Stöcke zurückbringen. Und natürlich habe ich sie sehr, sehr gern, Max und Moritz und Rosella. Aber so richtig lieben, so wie Felix, kann ich doch nur Bastet. Nur mit ihr konnte ich über alles reden. Aber sie antwortet ja nicht mehr.

Ich glaube, sie will weg aus dem Palast. Das geht aber nicht. Ich darf den Königshügel nicht verlassen, und ich wüsste nicht, wie ich ohne die Erlaubnis des Königs hinauskommen sollte, die Mauern sind hoch und das Tor ist immer bewacht. Solange ich in Atlantis bleiben muss, weil ich noch mehr erfinden muss, will ich sowieso im Palast wohnen, denn hier ist es gut und auf jeden Fall viel besser als bei Krk.

Der Palast ist riesengroß. Am tollsten ist das Gebäude mit den silberverzierten Wänden und den goldenen Säulen. Ich würde gern einmal hinein, aber es ist immer abgeschlossen und wird nur geöffnet, wenn der König seine bedeutendsten Gäste empfängt und Feste darin feiert, und da kann ich natürlich auch nicht hineinspazieren und sagen, ich will mich eben nur mal umsehen.

Dafür kann ich im Park spazieren gehen. Er ist sogar so groß, dass man richtig drin reiten kann, und Schwimmbecken gibt es auch, in denen ich trainieren kann.

Auf die Nordseite des Palasthügels kann ich nicht gehen, da ist eine eigene hohe Mauer darum und es gibt nur ein einziges Tor, das ist immer streng bewacht.

Ich habe Marfen gefragt, was hinter der Mauer ist, denn Marfen ist der Einzige hier, den ich so was fragen kann. Konnte. Marfen hat sich erst hastig umgesehen, ob wir allein sind. »Frag nicht danach, niemanden! Hinter dieser Mauer ist der Zugang zu einem Goldbergwerk, das von dem Drachen bewacht wird. Die es einmal betreten haben, sind für immer darin verschwunden. Ich glaube, auch die neun werden dort gefangen gehalten. Aber von denen darf man nicht reden. Also halt deinen Mund und ...«, doch dann hat er abgebrochen, weil da ein Geräusch war, als ob jemand hinter der Tür stünde, und Marfen ist ganz weiß um die Nase geworden und hat angefangen auf der großen Trommel zu spielen und kein Wort mehr gesagt. Und jetzt kann ich ihn nicht mehr fragen, weil er nicht mehr zu mir kommt. Mein neuer Musiklehrer hat gesagt, Marfen hat um seine Entlassung gebeten, weil seine Frau krank ist, die auf dem Festland wohnt. Sie scheint krank geworden zu sein, weil sie etwas zu Heißes gegessen oder versucht hat, Feuer zu schlucken wie im Zirkus, jedenfalls hat mein neuer Musiklehrer, als er es mir erzählt hat, gemurmelt: »So schnell kann es gehen, wenn man sich den Mund verbrennt.«

Marfen fehlt mir. Trotz seinem Aberglauben mit dem Drachen. Mit ihm war es richtig lustig. Manchmal hat er mich auf den Arm genommen und so getan, als wolle er mir Angst einjagen. Zum Beispiel hat er todernst behauptet, der König sei ein Meister der schwarzen Magie, und ich solle mich hüten vor des Königs Zauberkünsten. Aber natürlich bin ich darauf nicht hereingefallen, sondern habe nur so getan, als würde ich es glauben, und habe geflüstert: »Ja, er ist ein böser Zauberer, und er kann Menschen in Tiere verwandeln!« – denn so was kenne ich aus den Märchen, die Claudia mir vorgelesen hat –, und Marfen hat zurückgeflüstert: »Es ist gut, dass du das weißt. Also nimm dich in Acht und bring ihn nicht in Zorn!«, und ich habe so getan, als würde ich vor Angst fast in die Hosen machen. Das war gut.

Seit Marfen nicht mehr hier ist, habe ich keinen richtigen Freund mehr im Palast.

Manchmal muss ich an Aoja und Rhtih denken. Das waren richtige Freunde, bessere als Tim. Ich glaube jedenfalls nicht, dass Tim mich retten würde, so wie Aoja und Rhtih. Die würde ich schon gern noch mal besuchen, aber das geht ja nicht, weil der König verboten hat, dass ich den Palastbezirk verlasse. Ich würde mich gern bei ihnen bedanken, weil sie mir geholfen haben. Und ihnen etwas von den Süßigkeiten schenken, von denen ich mehr bekomme, als ich essen kann.

Wenn Bastet mich bloß nicht so verächtlich anschauen würde. Und wenn sie wieder mit mir reden würde, nur ein einziges Wort. Und einmal wieder in mein Bett springen und mich mit ihrer rauen Zunge lecken würde, wie Felix es getan hat.

6

Heute muss das Katapult fertig werden. Morgen am Poseidonfest will der König das Katapult mit vier Pferden durch die Stadt ziehen lassen und am Hafen vorführen, wie weit man Steine damit ins Meer schleudern kann. Hoffentlich klappt alles, dann habe ich bestimmt meine Aufgabe erfüllt und kann wieder nach Hause.

Die Atlanter werden Augen machen! Wenn die Sonne scheint, dann wird das Katapult glänzen und funkeln, der König lässt es nämlich mit Bronzeblech verzieren.

Krk muss jeden Augenblick die Bronzeplatten liefern, die auf den Rahmen des Fahrwerks geschlagen werden sollen. Der König hat gedroht, dass er Krk zur Schnecke machen wird, wenn der nicht pünktlich fertig ist. Thorsten macht sich nichts daraus, wenn Papa ihn zur Schnecke macht, aber Krk macht sich eine Menge daraus, wenn der König es ihm nur androht. Der König scheint noch viel schlimmer schimpfen zu können als Papa, Krk hat richtig Schiss davor, ganz blass ist er geworden, platt vor dem König auf den Boden hat er sich geworfen und herumgestottert, dass er alles Menschenmögliche tun wird, und als er wieder aufgestanden ist, hat er gezittert. Dass er so Angst hat, geschieht ihm recht. Mit einem, der mir fast die

Ohren abgerissen hat und der mich in eine Truhe gestopft hat, habe ich kein Mitleid.

Ich öffne die Werkstatttür. Da steht es, mein Katapult, und es sieht viel toller aus als in den Asterix-Heften. Es ist nicht nur eine Wurfmaschine, sondern es ist auch ein richtiges Prunkstück. Die Räder sind zum Schmuck mit Bronzenägeln beschlagen, so ähnlich wie das Lederzeug von den Motorradrockern. Ich schaue mir das Ding von hinten an. Sie haben mit roter Farbe einen furchtbaren Drachen mit vielen Köpfen auf die Rückwand gemalt und der Drache hat die Mäuler aufgerissen und spuckt Feuer.

»Der sieht gefährlich aus, was?«, fragt der Meister zufrieden. »Muss er auch, so will es der König! Das wird die Leute an die unbesiegbare Macht des Königs erinnern. Damit sie am Poseidonfest nicht auf dumme Gedanken kommen und die alten Zeiten heraufbeschwören wollen.«

Weil ich nicht weiß, was ich darauf sagen soll, zähle ich die Köpfe des Drachen. Es sind neun. Dann klettere ich auf das Fahrwerk hinauf und tu so, als würde ich das starke Tau prüfen, das auf der Winde aufgerollt ist. Da geht die Tür auf und Krk kommt herein. Und hinter ihm Rhtih. Beide schleppen Tragekörbe auf dem Rücken, Krk einen großen und Rhtih einen kleineren, der aber immer noch viel zu schwer für ihn zu sein scheint.

Rhtih sieht schrecklich aus. Sein Gesicht ist blass, aber auf der einen Backe ist es rot und geschwollen, und man merkt gleich, Rhtih ist völlig erledigt. Und als er den Korb vom Rücken nimmt und dabei das Gesicht verzieht, da sehe ich, dass sein Rücken voller blauer Flecken ist.

Plötzlich begreife ich: Krk hat arbeiten müssen wie wild, um die Bronzeplatten rechtzeitig fertig zu bekommen, und Versuche mit dem Eisen hat er auch noch machen müssen, und darum hat er Rhtih noch schlimmer schuften lassen als sowieso schon, wahrscheinlich ist Rhtih überhaupt nicht mehr zum Schlafen gekommen, und wenn er nicht mehr konnte, dann hat Krk ihn geschlagen.

Aoja ist es wahrscheinlich nicht besser ergangen.

Und das alles, weil ich Krk gesagt habe, wie man Eisen schmiedet, und weil ich für den König ein Katapult erfunden habe.

»Steh hier nicht faul rum! Beweg dich und pack den Korb aus!«, fährt Krk Rhtih an, und Rhtih quält sich damit ab, eine Bronzeplatte aus dem Korb zu heben, ich will ihm dabei helfen, schnell klettere ich vom Wagen herunter, aber Krk hat gemerkt, was ich vorhabe, und sagt zu mir: »Das ist Sklavenarbeit!« Ich möchte erklären, dass das für Rhtih viel zu schwer ist und dass er schließlich noch ein Kind ist, aber Krk schreit Rhtih an: »Wird's bald! Oder muss ich dir Beine machen!« Krks Gesicht ist rot und sieht schon wieder wütend aus, und ich bekomme keinen Ton heraus. Ich will nicht, dass er auch mich anbrüllt und mich vielleicht auch schlägt oder mir die Ohren umdreht, und schaue weg, damit ich nicht sehen muss, wie Rhtih sich plagt. Da geht auch schon die Tür auf und ein Sklave sagt, ich soll zum König.

Ich renne durch die Gänge, inzwischen kenne ich mich im Palast gut aus, doch heute verlaufe ich mich, weil ich nicht aufpasse, sondern dauernd an Rhtih denke. Ich hätte doch etwas sagen sollen oder einfach mit anpacken. Mir hätte Krk gar nichts tun können, schließlich bin ich ein Gast des Königs, und Krk muss nach meinen Plänen arbeiten. Aber wenn einer so wütend guckt und so laut brüllt –

ich weiß nicht, dann kann ich einfach nicht. Aber ich muss Rhtih unbedingt helfen. Und Aoja. Wenn ich nur wüsste, wie das gehen soll, ohne dass ich mich mit Krk anlege.

Plötzlich habe ich einen Einfall, und als ich endlich zum Thronsaal gefunden habe, ist mir auch klar, wie ich es am geschicktesten anfange, sodass der König es mir nicht abschlagen kann.

Als ich vor seinem Thronraum ankomme, höre ich durch die geschlossene Tür, dass der König jemanden anschreit. Ich muss schlucken. Es hört sich wirklich schlimm an. Dass der König so furchtbar wütend werden kann, habe ich nicht gewusst. Das ist noch viel schlimmer, als wenn Krk brüllt. An der Stelle von dem armen Menschen da drinnen möchte ich jedenfalls nicht sein, und jetzt verstehe ich auch, dass Krk Angst davor hat, dass der König ihn zur Schnecke macht.

Ich kann da jetzt unmöglich reingehen. Also bleibe ich bei dem Sklaven stehen, der die Tür bewacht, aber der tut so, als würde er nichts hören und sieht durch mich hindurch. Der König brüllt etwas von Hafenkommandatur und von der Registrierung von Schiffen und dann von Unfähigkeit und Pflichtverletzung, und ich höre, wie ein Mann völlig verängstigt eine Entschuldigung stammelt. Jetzt brüllt der König nicht mehr, aber seine Stimme klingt plötzlich ganz kalt, richtig eisig: »Da du mir nicht Rede und Antwort stehen kannst, sondern nur sinnloses Zeug brabbelst, werde ich dafür sorgen, dass du dein Lebtag nichts anderes mehr tust!« Einen Augenblick ist es ganz still, dann fängt der Mann an um Gnade zu betteln und plötzlich schreit er ganz schrill: »Majestät, habt Erbarmen, nein, tut es nicht, ich flehe Euch an! Gnade!« Dann höre ich ein leises Murmeln des Königs und dann nichts mehr, nur noch das Schreien eines Papageis.

Einen Papagei habe ich im Palast noch nie gesehen oder gehört.

Der Diener macht mir die Tür auf, mit einem Gesicht, als sei nichts gewesen.

Ich wage kaum, mich umzuschauen. Irgendwie habe ich Angst, ich könnte hier eine Leiche liegen sehen, einen Mann mit abgeschlagenem Kopf. Aber da ist kein anderer Mann, nur der König allein. Und ein Papagei, der aufgeregt mit den Flügeln schlägt und schreit.

Seltsam, der Raum hat nur einen Ausgang. Trotzdem ist der Mann, auf den der König so zornig war, weg. Ganz vor-

sichtig stoße ich die Luft aus. Wahrscheinlich gibt es eine Geheimtür, durch die der Mann gegangen ist.

Vor dem Thron knie ich nieder. Beinahe hätte ich wieder die Stirn auf den Boden gedrückt, obwohl das der König schon lange nicht mehr von mir verlangt. Ich glaube, heute ist nicht der richtige Augenblick, um für Aoja und Rhtih etwas zu tun.

Der König macht mir mit der Hand ein Zeichen, mich zu erheben. Dann fragt er mich, wie es mir geht und ob ich einen Wunsch habe, aber er schaut mich ziemlich finster dabei an.

Am liebsten würde ich sagen: Ich habe alles, vielen Dank. Aber Aoja hat mir Essen und Trinken gebracht, als ich in der Truhe gefangen und vor Angst fast wahnsinnig war. Obwohl Krk sie halb totgeprügelt hätte, wenn er es gemerkt hätte.

Ich glaube nicht, dass der König mich halb totprügeln würde. Ich könnte ihm ja noch einen Belagerungsturm erfinden, wie er in dem Ritterbuch abgebildet ist.

Ich gebe mir einen Stoß. »Es ist sehr schön bei Ihnen im Palast«, sage ich so höflich wie möglich, »aber manchmal fühle ich mich ziemlich einsam, ohne Freunde, mit denen ich spielen kann. Deshalb würde ich mir gerne zwei Kinder wünschen, einen Jungen und ein Mädchen, die mit mir gemeinsam essen und spielen und ihre Zimmer neben meinem Zimmer haben.«

Der König nickt. »Ich werde zwei Kinder von Hofbeamten auswählen lassen, die dir Gesellschaft leisten sollen«, sagt er kurz angebunden.

»Danke«, sage ich schnell, »das ist sehr freundlich. Aber ich weiß schon zwei Kinder, ich habe mich mit ihnen angefreundet, ehe ich zu Ihnen in den Palast gekommen bin. Sie können sie doch loskaufen, wenn ich Sie drum bitte?«

»Sind sie etwa Sklaven?«, fragt der König und hebt die Augenbrauen. Mir wird mulmig. Ich nicke.

»Wie heißen sie und wem gehören sie?«, fragt der König knapp.

»Sie heißen Rhtih und Aoja und sie gehören dem Bronzegießer Krk.«

»Rhtih und – Die Kinder des Hohenpriesters?!«, fährt der König auf. »Niemals!« Sein Gesicht wird so rot wie das von Krk, aber es sieht sogar noch zorniger aus. Vor lauter Schreck weiß ich gar nicht mehr, was ich sagen soll.

Der König beherrscht sich wieder, aber seine Stimme klingt unheimlich scharf. »Ich werde andere Kinder für dich auswählen.«

»Ja«, bring ich mit Müh und Not heraus, »ja, selbstverständlich, Entschuldigung, ich meine, ich wusste nicht …«

»Zu etwas anderem!«, unterbricht er mein Gestotter und sieht mich streng an. »Welche Farbe hatten die Segel des Schiffes, das dich nach Atlantis gebracht hat, und was für ein Muster war eingewebt?«

In der Schule haben wir geübt, mit welchen Sätzen man beschreiben kann, wenn man plötzlich große Angst bekommt. Unter den Beispielen, die unsere Lehrerin uns gegeben hat, war auch der Satz: Mir rutscht mein Herz in die Hosentasche. Ich fand das ziemlich blöd. Jetzt weiß ich, was damit gemeint war. Auch wenn ich gar keine Hosentasche habe. Aber im Bauch, da bummert es mir auf einmal so dumpf.

Dass ich den Namen des Schiffes nicht wusste und von dem Reiseweg nichts mitbekommen habe, hat der König gerade noch geschluckt. Aber dass ich die Segel nicht gesehen habe, das glaubt er mir nie.

Ich atme ganz langsam aus. Das hat mir Papa beigebracht, es hilft, wenn man aufgeregt ist. Dann sage ich mit möglichst fester Stimme: »Die Segel waren einfach nur weiß.«

Seine Augen werden ganz schmal. Mein Herz ist inzwischen in den Kniekehlen. Aber dann sagt der König nur: »Du kannst gehen!«

Ich bin wahnsinnig erleichtert. Es ist gerade noch alles gut gegangen. Schiffe mit weißen Segeln gibt es bestimmt viele.

Ich laufe in mein Zimmer. Wenn ich nur wüsste, warum er so wütend geworden ist, als ich von Aoja und Rhtih geredet habe. Wenn ich nur mit jemandem reden könnte.

Max und Moritz springen an mir hoch und wollen mit mir spielen. Aber nach Spielen ist mir jetzt gar nicht.

Bastet schaut mich nicht einmal an. Sie liegt auf dem Teppich genau in einem Sonnenfleck und leckt sich.

Ich lasse mich neben ihr nieder und kraule sie auf der Stirn. Das mag sie. Sie drückt ihren Kopf gegen meine Hand, damit ich fester kraulen kann. Ihre Augen sind geschlossen.

»Bastet«, sage ich, »ich glaube, der König ist doch nicht so freundlich, wie ich gedacht habe. Und ich mache mir Sorgen um Rhtih und Aoja.«

»Wurde auch Zeit«, antwortet Bastet und öffnet die Augen.

Sie redet! Bin ich froh, dass sie wieder mit mir redet! Warum hat sie es bloß die ganze Zeit nicht mehr getan?

»Mit dir war ja nicht zu reden!«, behauptet Bastet.

Was sie damit nun wieder meint! Schließlich habe ich oft

genug versucht, mich mit ihr zu unterhalten, aber sie hat mir nie eine Antwort gegeben. Und jetzt antwortet sie sogar auf meine Gedanken.

»Du bist ein Idiot«, sagt Bastet und beißt ganz leicht in meine Hand.

»Aua, du Raubtier!« Ich tue so, als hätte ich das mit dem Idioten überhört, und drücke mein Gesicht in ihr Fell. Sie schnurrt. Genau so ist es mit Felix gewesen.

Aber ich habe keine Zeit an Felix zu denken. Ich muss einen Plan machen, wie ich Rhtih und Aoja helfen kann. Ich muss mit ihnen reden, unbedingt. Ohne Krk.

»Krk arbeitet heute den ganzen Tag im Palast am Katapult«, sagt Bastet.

Mir bleibt der Mund offen stehen. Natürlich. Krk und Rhtih sind im Palast. Also ist Aoja allein in Krks Haus.

Eine Gelegenheit, wie sie vielleicht nie wieder kommt.

Wenn der König mir nur erlauben würde, den Palast zu verlassen!

Ich glaube, ich muss es ohne seine Erlaubnis tun.

»Kommst du mit?«, frage ich Bastet.

»Mit dem allergrößten Vergnügen«, erwidert sie.

Ich bin vielleicht froh, dass sie wieder redet. Und dass sie mich nicht allein lässt.

Herzklopfen habe ich schon, als ich vor Bastet her an den Springbrunnen vorbei auf das Tor zugehe. Zwei Krieger stehen davor und kreuzen ihre Lanzen.

»Ich möchte eben mal raus«, sage ich. »Bin auch gleich wieder zurück.« Und weil sie so finster schauen, behaupte ich noch schnell: »Der König hat es erlaubt.«

»Davon wissen wir nichts!«, sagt der eine und guckt noch finsterer.

Der andere sagt freundlicher: »Tut mir Leid, Kai«, aber raus lässt er mich auch nicht.

Ich habe in diesem Palast noch niemanden erlebt, der etwas getan hat, was der König verboten hat. Ein König ist etwas ganz anderes als der Rektor einer Schule oder so was.

Ich gehe an dem kleinen Hafenbecken entlang. Die Galeere liegt darin und noch ein anderes kleines Schiff.

Wenn die heute losfahren würden, könnte ich mich vielleicht auf dem Schiff verstecken wie in der Geschichte, die ich dem König erzählt habe. Aber jetzt bin ich ja nicht in einer Geschichte, und so viel Glück hat man nur in Büchern, aber nicht in Wirklichkeit.

Ich schaue über das Hafenbecken und auf das Fallgitter, das die Tordurchfahrt aus dem Hafen verschließt.

»Ziemlich dicht, dieses Gitter«, sagt Bastet. »Ein ausgewachsener Mann passt da nicht durch.«

Aber ein Junge! Natürlich. Wozu kann ich so gut schwimmen!

Ich schaue zur Mauer. Ein Wächter mit Pfeil und Bogen steht da oben. Und auf dem Torturm sehe ich gleich drei Krieger.

Ob die auf mich schießen, wenn ich durch den Hafen und durch das Gitter und den Kanal schwimme?

Ich glaube, es ist besser, wenn ich tauche und versuche den Kopf zum Luftholen an solchen Stellen aus dem Wasser zu stecken, wo ich vor Blicken geschützt bin. Aber was mache ich, wenn jemand in der Nähe ist und ich mich länger verstecken muss und nichts da ist, wo ich mich verstecken kann?

Ich stehe am Ufer und denke nach. Da fällt mir der Film ein, den ich mal im Fernsehen gesehen habe, als ich abends mit Claudia allein zu Hause war und eigentlich schlafen sollte, ein James-Bond-Film.

Mama sagt, James-Bond-Filme darf ich nicht sehen, dafür bin ich noch zu klein, aber Tim sieht sie immer, und da kommt man sich echt blöd vor, wenn man nie mitreden kann, und deshalb habe ich die Gelegenheit natürlich genutzt und mir den Film mit Claudia heimlich angesehen. Da hat sich James Bond gemeinsam mit einer blonden Frau in einem Fluss zwischen so einer Art Schilf vor Verfolgern versteckt, und als die ganz nahe gekommen sind, hat er zwei Schilfrohre abgeschnitten und sich das eine in den Mund gesteckt und das andere der blonden Frau gegeben, und dann sind sie unter Wasser getaucht und haben durch die Rohre wie durch einen Schnorchel geatmet, und Claudia hat gesagt, das Luftholen durch ein Schilfrohr ist ein alter Indianertrick, aber mit dem Schilf bei uns geht das nicht.

Im Park wächst eine riesenhohe Sorte Schilf mit richtig dicken Rohren, ganz anders als das Schilf daheim am Weiher.

Zum Glück hat mir Krk auf Befehl des Königs mein Messer wieder zurückgeben müssen. Ich schneide damit ein dickes langes Rohr, dick genug für einen Schnorchel, schau durch, ob es auch wirklich hohl ist. Da fällt mir ein, dass Mama mir mal erklärt hat, daß ein Schnorchel nicht zu lang sein darf, weil man sonst immer wieder seine alte Luft einatmet und erstickt. Also schneide ich es ab, bis es nicht länger ist als der Schnorchel, mit dem ich beim Urlaub auf Teneriffa geschwommen bin.

Giftig ist Schilf wohl hoffentlich nicht, wenn das Ganze ein Indianertrick ist, und auch wenn man Gräser und so was eigentlich lieber nicht in den Mund nehmen soll – besser als sich erschießen zu lassen ist es auf jeden Fall. Ich probiere durch das Rohr zu atmen, und es geht gut.

Zur Probe steige ich in das Schwimmbecken, in dem ich immer trainiere. Meine »blauen Beinröhrlinge« trage ich sowieso nicht mehr, nur diesen Lappen, den braucht man zum Schwimmen gar nicht auszuziehen und danach trocknet er gleich wieder, in Atlantis ist es warm.

Ich stecke das Rohr in den Mund, drehe den Kopf nach oben, halte meine Nase zu und tauche im Stehen so weit ab, dass mein Kopf unter Wasser ist und der Schnorchel noch herausschaut. Vorsichtig hole ich Luft. Kein Problem. Dann gehe ich wieder aus dem Becken raus, reiße zwei Stofffetzen von meiner merkwürdigen Badehose ab und binde mir das Rohr an den linken Unterarm.

Mein Plan steht: Ich werde tauchen und hoffen, dass niemand mich sieht, wenn ich Luft hole, und wenn jemand in der Nähe ist und ich mich unter Wasser verstecken muss, dann nehme ich das Rohr wie James Bond.

Ich drücke zum Abschied noch mal mein Gesicht in Bastets Fell, und sie lässt es zu und stupst mich sogar mit ihrer Nase an. Aber mitschwimmen will sie nicht. Das habe ich mir gleich gedacht. Wasser, das ist nichts für Katzen. Sie sucht sich einen anderen Weg aus dem Palast und trifft mich draußen wieder.

Ich schlendere am Hafenbecken entlang, als würde ich mir nur die Schiffe ansehen und die bronzebeschlagenen Schilde, die griffbereit an einem Holzgestell neben der Hafenmauer aufgehängt sind. Dann, als ich hinter der Galeere des Königs bin, sodass die Wächter mich nicht sehen können, gleite ich ins Wasser und schwimme ganz normal bis ans Ende des Schiffes. Hier warte ich erst mal und schätze die Entfernung bis zum Torbogen ab. Ich glaube nicht, dass es mehr als fünfzehn Meter sind. Kein Problem für mich. Dreimal tief Luftholen – und los! Zum Glück ist das Kanalwasser ziemlich undurchsichtig. Was passiert, wenn einer der Krieger mich trotzdem sieht, daran denke ich lieber nicht.

Aoja und Rhtih haben auch nicht daran gedacht, was passiert, wenn Krk merkt, dass sie mir Essen und Trinken bringen.

Jetzt kommt es drauf an. Als ich fürs goldene Schwimmabzeichen trainiert habe, hätte ich mir nicht träumen lassen, wofür das noch mal gut sein würde.

Die Luft wird mir knapp. Weit schaffe ich es nicht mehr. Wenn ich vor dem Torbogen auftauchen muss und einer der Wächter mich entdeckt …

Da sehe ich es vor mir, ganz nah. Das Fallgitter. Die Balken ragen tief ins Wasser, bis an den Grund. Dicht davor tauche ich auf und klammere mich daran, schau mich vorsichtig um. Nein, hier unter dem Torbogen kann mich keiner sehen. Ich warte, bis ich mich erholt habe, dann schlüpfe ich durch das Gitter. Die Zwischenräume sind nicht zu eng für einen Jungen wie mich.

Jetzt kommt das Schwerste: das erste Stück vom Kanal. Denn die Wächter oben auf der Mauer und auf dem Torturm haben ihn genau im Blick. Ich kann nur hoffen, dass sie nicht so genau aufpassen.

Ungefähr in der Mitte zwischen Torbogen und erster Brücke ragt ein kleiner Landesteg in den Kanal. Wenn ich bis dorthin komme …

Ich tauche ab, habe alles im Griff, schwimme wie ein

U-Boot. Mindestens so gut wie James Bond. In geheimer Mission bin ich schließlich auch. Nur eine Lizenz zum Töten habe ich nicht, aber die will ich auch nicht. Das wäre überhaupt das Allerletzte, was ich wollte.

Genau unter der Holzplanke des Steges stecke ich den Kopf aus dem Wasser. Das soll mir erst mal einer nachmachen! Meine nächste Etappe führt zur ersten Brücke, wo ich mich zwischen zwei Brückenpfeilern verstecke, während ich verschnaufe. Bisher ging alles reibungslos. Doch nun liegt bis zur zweiten Brücke eine weite Strecke vor mir, die nicht den geringsten Schutz bietet. Und auf dieser Brücke steht ein Krieger. Ich warte und warte, aber er rührt sich nicht vom Fleck. Langsam wird mir kalt. Ich muss weiter.

Lieber Gott, bitte lass den Krieger in eine andere Richtung schauen, wenn ich Luft holen muss! Ich tauche ab, schwimme, tauche auf.

Der Krieger hat die Brücke verlassen. Aber ich habe vergessen darum zu beten, dass er nicht den Kanal entlang kommen soll. Und genau das passiert. Er marschiert auf der Straße neben dem Kanal auf mich zu, und nicht nur er allein, neben ihm noch ein zweiter. Noch sind sie ein ganzes Stück entfernt, aber das ist nur eine Frage der Zeit. Jetzt weiterzutauchen wäre viel zu gefährlich, ich muss alles vermeiden, wodurch sie auf mich aufmerksam werden könnten. Ich warte, bis ich nicht mehr außer Atem bin, dann stecke ich mir das Rohr in den Mund und lass mich vorsichtig etwas sinken, spüre Boden unter den Füßen, stehe reglos, den Kopf dicht unter der Wasseroberfläche nach oben gedreht, halte mir die Nase zu und atme durch das Rohr. Plötzlich sehe ich zwei Schatten auf dem Wasser.

Die Schatten bleiben stehen. Ich werde verrückt. Die Männer haben die Straße verlassen und halten direkt am Kanal! Doch dann gehen die Schatten weiter.

Ich bleibe so lange auf meinem Fleck, bis mein Herz keine Purzelbäume mehr schlägt. Gestatten, mein Name ist Bond. James Bond.

Als ich auftauche, sind die Krieger nicht mehr zu sehen, bloß ein Stück kanalabwärts ein Fischerboot. Ich glaube, das ist harmlos. Aber ich bin immer noch nicht weit genug von der Palastmauer und dem Torturm entfernt. Also tauche ich noch einmal ein paar Etappen, bis ich mich traue ganz normal weiterzuschwimmen. Dann komme ich zu dem Holzturm, der auf der Seite des Kanals neben der Brücke steht, die über den äußersten Wassergraben führt. Den zweiten Turm auf der anderen Brückenseite kann ich von hier aus nicht sehen. Als ich damals von den Kriegern auf der Straße in den Königspalast geschleift worden bin, stand vor jedem Turm ein Wachposten. Ich glaube nicht, dass ich im Blickfeld des Wachpostens bin, wenn ich mich ganz am Rand des Kanals halte. Trotzdem, sicher ist sicher, schwimme ich wieder unter Wasser und während ich verschnaufe, schaue ich ständig zu diesem Holzturm zurück, aber zum Glück sehe ich niemanden. Die Strecken, die ich schaffe, werden immer kürzer und die Pausen immer länger. So lange hintereinander habe ich noch nie Tauchen geübt.

Ein kurzes Stück muss ich noch schaffen, dann gehe ich an Land. Da – was ist das – o mein Gott!

Stricke um mich, ein Netz, ich bin gefangen, gefesselt, werde aus dem Wasser gezogen – Hilfe!

Der König lässt den Kanal auch hinter den Brücken bewachen, man kann aus seinem Palast nicht raus, jetzt haben sie mich gefangen und bringen mich wieder zu ihm … Was hat Krk gemeint, als er gesagt hat, ich würde als Kaninchen am Bratspieß enden? Ich muss hier weg …

Ich schlage wild um mich. Aber die Stricke ziehen sich immer fester. Ich bin gefangen wie ein Fisch im Netz.

Ich werde in ein Boot gezogen, in einem Fischernetz. Drei Männer starren mich an. Ich glaube, das sind keine Krieger, die den Palast bewachen. Ich glaube, das sind Fischer. Und sie sind genauso durcheinander wie ich.

Sie helfen mir aus dem Netz und reden alle gleichzeitig auf mich ein: »Wer bist du? – Ich glaub, ich trau meinen Augen nicht! – Ist dir etwa die Flucht gelungen?«

Ich fange an rumzustottern: »Die Krieger am Tor, da

kommt man nicht raus, und da bin ich unter Wasser geschwommen, mit einem Schilfrohr hab ich Luft geholt, bitte verratet mich nicht, ihr tut mir doch nichts …«

»Unter Wasser! Aber da ist doch das Fallgitter!«, sagt einer der Männer und sieht mich an, als wäre ich ein Held. Na ja, vielleicht bin ich ja einer, so ähnlich wie 007, nur ohne Töten.

»Und wir dachten, aus diesem verfluchten Bergwerk gäbe es kein Entrinnen!«, sagt ein anderer. Und dann stellen sie durcheinander hastig ganz viele Fragen auf einmal: »Hast du den Drachen gesehen, oder die neun Könige, warst du mit Ipalla zusammen eingesperrt, lebt er, kannst du uns verraten, wie wir zu ihm gelangen können?«

Ich dachte, es gibt nur den einen König? Und jetzt fangen die auch noch von einem Drachen an. Weil es mir zu blöd ist, darauf zu antworten, frage ich nur: »Welcher Ipalla?«

Auf einmal sehen sie mich gar nicht mehr an, als wäre ich ihr Held. Eher so, als wäre ich eine Ratte. Der eine packt mich am Kinn und beginnt mir zu drohen, ich soll alles wieder vergessen, was sie mich gefragt haben, ich weiß gar nicht, was sie plötzlich haben, vor lauter Schreck höre ich kaum zu und nicke nur immer, und dann heben sie mich hoch und werfen mich zurück ins Wasser.

Ich tauche weg, so weit ich kann, und schwimme an Land. Zum Glück folgen sie mir nicht.

Ich krieche die Böschung hoch und werfe mich ins Gras. Ich bin ganz schön fertig. Jetzt merke ich erst, dass meine Knie zittern, und meine Hände auch.

James Bond zittert nie, wenn er einer Gefahr entronnen

ist und gerade um sein Leben schwimmen musste. Aber das echte Leben ist eben anders als ein Film.

Ich schließe die Augen und lasse mich von der Sonne trocknen. Da steigt mir plötzlich etwas Warmes auf den Bauch, etwas mit vier Pfoten. Also hat Bastet einen Weg aus dem Palast gefunden.

Ich bleibe ganz ruhig liegen. Felix hat das auch immer gemacht, sich auf meinen Bauch gelegt und mich vorher fast totgetreten. Bastet trampelt immer auf der gleichen Stelle, als würde sie meinen Bauch dadurch weich treten können. Es tut ein bisschen weh, aber schön ist es trotzdem, vor allem weil ich weiß, dass sie gleich mit Treten aufhören und sich hinlegen wird. Und das tut sie auch und schnurrt dabei und liegt weich und warm und kuschlig auf meinem nackten Bauch.

Wir schweigen beide und ich streichle ihr Fell. So ein Katzenfell ist unglaublich seidig.

Ach, Felix! Warum muss in deiner Spucke etwas drin sein, was Claudia krank macht! Wenn du dich leckst, verteilst du die Spucke über dein Fell, und wenn Claudia dann feine Teilchen von deinen Haaren einatmet, atmet sie auch die Spucke mit ein, und das ist für sie so, als würde sie Säure einatmen. Es beißt die ganze Haut in ihrer Nase und in ihrem Hals und in ihren Lungen kaputt. Hat Mama gesagt.

Es muss wehtun, wenn alles kaputtgebissen wird in einem drin. Vielleicht sogar so weh, wie wenn man dauernd verprügelt wird von einem wie Krk.

Ob Claudia deswegen rote Augen gehabt hat – weil sie nachts vor Schmerzen geweint hat, so wie Aoja?

Bastet streckt sich auf meinem Bauch und gähnt. Dann

fragt sie: »Da gerade von Aoja die Rede ist – wann gedenkst du weiterzugehen?«

»Jetzt«, antworte ich, lege sie mir über die Schulter und stehe auf.

Bis zur Stadt und Krks Werkstatt ist es nicht weit. Während ich Bastet die Straße entlangtrage, erzähle ich ihr, was ich erlebt habe. Sie sagt nichts dazu, aber ab und zu stupst sie mich mit ihrer kühlen Nase an. Ich glaube, sie ist zufrieden mit mir.

Aoja kniet unter dem Vordach vor einer Grube, schichtet erst Stroh und dann Holzkohle hinein und sieht mich nicht. Sie hat ganz schwarze Hände. Als ich sie anspreche, zuckt sie zusammen, aber dann nickt sie und streicht sich den Schweiß aus dem Gesicht. Jetzt ist auch ihr Gesicht schwarz.

»Wohnst du nicht mehr im Palast beim König?«, fragt sie, nimmt mir Bastet ab und beginnt sie zu streicheln und zu kraulen. Bastet schnurrt wie ein Weltmeister im Lautschnurren.

»Doch, schon«, sage ich. Ich kicke mit dem Fuß ein Stück Holzkohle in die Grube. Irgendwie weiß ich nicht, wie ich es anfangen soll.

»Geht es dir gut?«, fragt Aoja.

Ich nicke.

»Na ja«, sagt sie, »du bist ja jetzt auch berühmt und ein Freund des Königs.«

Wie sie das sagt. So, als hätte ich etwas getan, worüber ich mich schämen sollte. Und plötzlich schäme ich mich auch und weiß gar nicht genau, warum. Vielleicht, weil ich so lange nicht versucht habe, mich bei ihnen zu bedanken, ihrem Bruder und ihr.

»Hör mal, Aoja«, sage ich schnell, »ich möchte euch gerne helfen, dir und deinem Bruder, aber ich habe nicht eher kommen können, ich darf nicht aus dem Palast raus, überall sind Krieger am Tor, die mich nicht durchlassen, und heute ist mir endlich eingefallen, wie ich es doch schaffen kann.« Und dann erzähle ich ihr alles und sie wird gleich viel freundlicher.

»Dann haben die Fischer mich nach einem Mann gefragt, dessen Namen ich nicht mehr genau weiß«, beende ich meine Erzählung, »Impala oder so ähnlich.«

»Ipalla!«, ruft Aoja aus und kriegt einen ganz roten Kopf. »Was haben sie über ihn gesagt, erzähl!«

»Da gibt's nichts zu erzählen. Sie haben mich gefragt, ob ich ihn gesehen habe und ob er lebt – Was hast du denn, warum schaust du so, kennst du den, diesen Ipalla?«

»Er ist mein Vater«, sagt Aoja ganz leise und beginnt zu weinen.

Ich stehe da wie der letzte Depp.

Aoja heult und heult und presst dabei Bastet an sich, die Tränen machen helle Spuren auf Aojas verrußten Backen und Aoja sieht auf einmal so verloren aus und so, dass ich plötzlich einen Kloß im Hals hab. Irgendwas muss ich tun, ich kann doch nicht einfach daneben stehen, als wäre nichts, als würde sie sich eben mal die Nase putzen. Aber ich weiß nicht, was.

Vielleicht weiß ich es schon, aber ich trau mich nicht. Dann tu ich es doch: Ich strecke die Hand aus und fahre ihr über ihr kurz geschorenes Haar. Ein bisschen stoppelig ist es, aber trotzdem weich und noch seidiger als das Fell von Bastet.

In meinem Hals ist es ganz trocken und mein Herz

klopft so schnell, schneller noch als vorhin, als ich dem Fischerboot davongeschwommen bin.

»Nun erzähl doch«, bringe ich schließlich hervor, »wie ist das mit deinem Vater?«

Aoja wischt sich die Tränen ab. Und dann erzählt sie mir alles.

Als sie noch ganz klein war und ihr Vater noch nicht Hohepriester, hat es tatsächlich zehn Könige gegeben, die gemeinsam Atlantis regierten. Es gab auch eine Bernsteinsäule, in welche die Gesetze eingegraben waren, die stand auf dem Königshügel zwischen dem Palast und dem Poseidontempel. Das schöne, mit Silber verzierte Gebäude mit den goldenen Säulen war nämlich einmal der Tempel. Als Aoja vier Jahre alt war, hat König Aldegros von Basileia, der König, den ich kenne, mit seinen Kriegern die anderen neun Könige von Atlantis angegriffen, besiegt und gefangen genommen, und seither ist er der einzige König von Atlantis und alles gehört ihm allein. Aber das hat ihm und seinen Kriegern und Ratgebern immer noch nicht gelangt, weil sie von den Reichtümern in anderen Ländern gehört hatten, und die wollten sie auch haben. Deshalb haben sie auch andere Länder überfallen und ausgeplündert und wurden so reich wie noch nie zuvor, aber sie wollen immer noch reicher und noch mächtiger werden.

»Ich kann mir das gar nicht vorstellen«, sage ich. »Zu mir ist der König meistens freundlich.«

»Klar«, sagt Aoja. »Du hast ja auch das Wissen nach Atlantis gebracht, wie man aus Eisen Waffen macht, und seit der König von dem alten Seher gehört hat, dass Waffen aus Eisen die ganze Welt erobern werden, will er die haben. Er glaubt, wenn er die hat, dann kann nichts mehr ihn aufhalten. Es heißt, der König soll versucht haben mit seiner Zauberkraft Eisen zu schmelzen, bis es flüssig ist, aber obwohl er ein großer Magier sein soll, sei er daran gescheitert.«

Ich will sagen, dass das doch Quatsch ist, das mit der Zauberkraft und dem Magier, aber Aoja redet immer weiter: »Na ja, kein Wunder, wenn man Eisen gar nicht gießen kann, sondern nur schmieden. Jedenfalls haben sich die Bronzegießer auf Befehl des Königs lange vergeblich darum bemüht, Eisen richtig zu schmelzen. Und dann kommst du und erklärst Krk, wie das geht mit den Waffen aus Eisen! Und nun hast du dem König auch noch eine Wurfmaschine erfunden, die ihn unbesiegbar macht! Und wahrscheinlich fragt er dich die ganze Zeit über deine Heimat aus, damit er auch die überfallen und ausrauben kann!«

Ich stehe mal wieder mit offenem Mund da. Deshalb also hat sich der König so für die Schätze interessiert, von denen ich ihm erzählt habe, und wollte so viel über die Befestigungen von Nürnberg hören und den Weg erfahren, auf dem ich gekommen bin! Und weil ich ihm den nicht sagen konnte, lässt er jetzt bestimmt nach einem Schiff mit weißen Segeln suchen …

Ich komme mir unendlich blöd vor. Aber dann muss ich doch auch grinsen, weil ich mir vorstelle, wie Aldegros über die Autobahn in Nürnberg einmarschiert und die Burg belagert und Steine mit meinem Katapult schießt und alle Japaner und anderen Touristen Fotos von ihm machen, weil sie denken, das wären historische Ritterspiele oder so was.

Doch dann erzählt Aoja weiter und ich schäme mich, dass ich überhaupt gegrinst habe.

»Seit mein Vater Hohepriester war, hat er den König immer wieder gewarnt«, berichtet Aoja. »Er zieht den Zorn der Götter auf sich und auf ganz Atlantis, hat er zum König gesagt, aber der hat nicht auf ihn gehört. Vor einem Jahr hat der König einen Überfall auf ein Land geplant, dem er ewige Freundschaft geschworen hatte, und mein Vater ist zum König gegangen und hat gesagt, wenn der König das tut, dann verletzt er die Gesetze auf der Säule, und dann ist Atlantis dem Untergang geweiht.«

Mir rieseln richtig kalte Schauer den Rücken hinunter. Ich habe immer gedacht, das wäre nur so eine feierliche Redensart: Etwas ist dem Untergang geweiht. Aber bei Atlantis stimmt es ja wirklich, richtig wörtlich, und wenn ich Aoja zuhöre, dann habe ich den Eindruck, dass es nicht mehr viel Zeit bis dahin ist.

Ich würde gern Bastet fragen, was sie davon hält, aber vor anderen spricht Bastet ja nicht. Jetzt windet sie sich aus Aojas Armen und springt auf den Baumstrunk, den Krk als Amboss verwendet, und wie sie da sitzt, da sieht sie aus wie eine Sphinx, genauso rätselhaft und ohne etwas zu verraten.

»Da hat der König die Säule einreißen und ins Meer werfen lassen, damit keiner mehr nachlesen kann, dass er die Gesetze nicht einhält«, erzählt Aoja weiter. »Am Tag darauf war das Poseidonfest. Mein Vater hat eine Predigt im Tempel gehalten und gesagt, dass der König Unrecht tut und Unheil über Atlantis bringt. Und dass die Götter zornig sind und dass alle Menschen in Atlantis sich ändern müssen, vor allem aber der König und seine Gefolgsleute, sonst

wird der Gott der Götter ein furchtbares Strafgericht über Atlantis hereinbrechen lassen. Aber keiner hat diese Predigt hören wollen, denn die meisten finden gut, dass der König immer mehr Reichtümer nach Atlantis bringt, und der König ist aufgesprungen und ist mitten im Gottesdienst aus dem Tempel gegangen. Und noch am gleichen Tag …« Aoja fängt wieder an zu weinen und ich kann kaum mehr verstehen, was sie erzählt: Dass an diesem Tag ihr Vater von Kriegern des Königs gefangen genommen wurde und seither verschwunden ist, dass ihr selbst und Rhtih die Haare geschoren wurden und sie als Sklaven zu Krk kamen und dass sie nie mehr von ihrem Vater gehört haben. Weil der Tempel jetzt zur Festhalle des Königs umgebaut ist und niemand mehr den Namen Ipalla aussprechen darf. Und dass sie alles in der Welt darum geben würde, wenn sie wenigstens wüsste, ob er noch lebt.

Das verstehe ich. Gerade will ich es ihr sagen, da höre ich eine Männerstimme: »Endlich haben wir sie gefunden, Ipallas Tochter! Die Tochter unseres Hohepriesters!«

Drei Männer stehen unter dem Vordach und ich erkenne sie gleich, es sind die Fischer, in deren Netz ich mich verfangen hatte. Einer nach dem anderen verbeugen sie sich vor Aoja und schütteln ihre rußigen Hände und wiederholen immer wieder, dass sie versuchen wollten, den hochverehrten Ipalla zu finden und zu befreien, und wie glücklich sie sind, nun wenigstens seine Tochter gefunden zu haben.

Aber dann schauen sie mich an und sehen gar nicht mehr glücklich aus. »Ist das nicht der Junge, den wir aus dem Fluss gefischt haben?«, fragt der Größte von ihnen und macht einen Schritt auf mich zu, richtig drohend. Ich ducke mich, dreh mich um und versuche wegzulaufen, aber die beiden anderen versperren mir den Weg.

Zum Glück kommt mir Aoja zu Hilfe. »Das ist Kai, ein guter Freund«, sagt sie, »er hat sich für uns aus dem Palast davongemacht. Er will Rhtih und mir helfen.«

Da schütteln sie auch mir die Hand und erzählen uns, dass sie schon lange Nachforschungen über das Verschwinden von Aojas Vater anstellen und dass immer wieder Leute spurlos verschwinden, Männer und Frauen, die zu viele Fragen stellen, zum Beispiel, was mit den neun anderen Königen oder dem Hohepriester geschehen ist. Und dann sagt einer, der mich irgendwie an jemanden erinnert: »Schon lange gibt es ein Goldbergwerk in dem Hügel, auf dem der Palast steht. Mein Bruder, der im Palast gelebt hat, behauptet, dass ein Feuer speiender Drache das Bergwerk bewacht und niemand mehr herausgekommen ist, seit König Aldegros die alleinige Macht an sich gerissen hat. Mein Bruder vermutet, dass die meisten Menschen, die in den letzten Jahren verschwunden sind, im Bergwerk gefangen gehalten werden. Die neun alten Könige. Ipalla, unser Hohepriester. Und nun ist auch er selbst verschwunden, mein Bruder Marfen, ich hab's von einem seiner Freunde erfahren.«

»Marfen!«, rufe ich aus. »Doch nicht etwa der Musiker?!«

Der Fischer sieht mich an. »Ebender! Kennst du ihn?«

»Ja, ich, ich hatte Unterricht bei ihm, er war sehr freundlich, o mein Gott – aber das kann nicht sein, man hat mir gesagt, er musste zu seiner Familie, zu seiner Frau, weil die sich den Mund verbrannt hat …«

»Den Mund verbrannt?«, fragt der Mann und schüttelt traurig den Kopf. »Wenn sich jemand den Mund verbrannt hat, dann Marfen selbst, weil er nicht geschwiegen hat über das, was er wusste! Meine Schwägerin ist nicht krank. Und er ist nicht bei ihr. Würde ich sonst nach ihm suchen?!«

Jetzt weiß ich, warum der Mann mir so bekannt vorkam: Er sieht Marfen ähnlich.

Und Marfen ist verschwunden wie Aojas Vater.

So ist das also. Vielleicht sind wir belauscht worden, als Marfen mir vom Bergwerk und allem erzählt hat, er hat doch selber gesagt, dass man darüber nicht reden darf, und deshalb hat man ihn gefangen genommen! Bastet hat Recht: Ich war wirklich ein Idiot.

»Wenn wir nur einen Weg wüssten, um ins Bergwerk hineinzukommen!«, seufzt einer der Fischer. »Dann könnten wir vielleicht Marfen, die neun Könige, Ipalla und alle anderen befreien! Aber der einzige Zugang liegt auf dem Königshügel, und der ist immer strengstens bewacht!«

»Es ist nicht der einzige Zugang«, sagt Aoja. »Es muss noch einen Geheimgang geben.«

Die Männer starren sie an, als sei sie ein Geist. »Einen Geheimgang?«, wiederholt Marfens Bruder. »Weißt du, wo der endet?«

Aoja schüttelt den Kopf. »Leider nicht. Ich habe nur gehört, wie der alte Hohepriester meinem Vater von dem Geheimgang erzählt hat, in der Nacht, bevor mein Vater selbst zum Hohepriester geweiht wurde. Ich habe nämlich nicht schlafen können, ich hatte so schlecht geträumt und wollte zu meinem Vater, aber als ich an seiner Tür war, habe ich Stimmen gehört. Ich habe gemerkt, dass der Hohepriester bei meinem Vater ist, und habe mich nicht reingetraut, aber, na ja«, sie stockt und wird ziemlich rot, »ich habe zufällig gehört, wie der Hohepriester gesagt hat, dass er meinem Vater jetzt ein Geheimnis anvertraut, das nicht einmal der König kennt, das seit alten Zeiten nur der Hohepriester des Poseidontempels weiß, und dass es eine Prophezeiung gibt, dass dieses Geheimnis einmal die Gerechten von Atlantis retten wird. Und dann hat er angefangen von einem Geheimgang aus dem Bergwerk zu reden, und ich bin schnell weggelaufen.«

»Und du hast keine Ahnung, wie wir diesen Gang finden können?«, fragt einer der Fischer.

Aoja schaut verlegen. »Nein. Das wollte ich nicht auch noch hören. Ich hätte ja schon das andere nicht hören dürfen. Weil es doch ein Geheimnis nur für meinen Vater war.«

Ich würde mir wünschen, Aoja wäre ein bisschen weniger anständig gewesen, nur das eine Mal. Obwohl ich es irgendwie auch toll finde.

»Aber wenn Ipalla den Geheimgang kennt und im Bergwerk wäre, dann wäre er doch längst geflohen!«, sagt der Mann, der eben schon geredet hat.

»Vielleicht kann er es nicht«, meint Marfens Bruder. »Vielleicht wird er in einem Teil des Bergwerks gefangen gehalten, von dem aus er den Geheimgang nicht erreichen kann.«

»Ein Geheimgang, den wir nicht kennen, hilft uns jedenfalls auch nicht, in das Bergwerk hineinzugelangen«, sagt der Dritte. »Wenn wenigstens erst mal einer von uns in den Palastbezirk käme! Vielleicht fände er dann eine Möglichkeit, heimlich die anderen einzulassen. Wie bist du eigentlich aus dem Palast rausgekommen?« Er sieht mich an.

Ich erzähle ihm von dem Fallgitter. »Aber für einen Erwachsenen ist es viel zu eng«, sage ich.

»Für mich nicht!«, meint Aoja. »Wo du durchpasst, da passe ich auch durch. Ich muss wissen, ob mein Vater im Bergwerk ist. Und ob man ihn befreien kann. Du hilfst mir doch, Kai, nicht wahr?«

Wie sie mich anschaut aus ihren dunklen Augen. Wenn ich jetzt Nein sage – wie stehe ich dann da!

»Klar«, sage ich und muss mich erst einmal räuspern. Auf was habe ich mich da bloß eingelassen? Mir wird richtig heiß.

Dann fällt mir ein, wie ich mich doch noch aus der Schlinge ziehen kann. »Aber es hat keinen Sinn. Man kommt auch von dem Palast aus nicht in das Bergwerk, die

Nordmauer und das Tor sind so schwer bewacht, dass es aussichtslos ist.«

»Das lass meine Sorge sein!«, lässt sich Bastet vernehmen. Zum ersten Mal spricht sie in Gegenwart von anderen Menschen. Aoja und die Männer stehen da wie vom Donner gerührt und schauen Bastet an, die immer noch wie eine Sphinx auf dem Baumstumpf thront. Dann fallen sie alle vier gleichzeitig vor Bastet auf die Knie und drücken ihre Stirn auf den Boden.

Bastet sitzt sehr stolz und unbewegt da, die Vorderpfoten dicht nebeneinander, die Augen zu schmalen Schlitzen geschlossen. Auf einmal kommt sie mir viel größer vor und wirklich wie eine Göttin. Am liebsten würde ich auch niederknien, aber dann lasse ich es doch.

»Erfüllt, was vonnöten ist!«, fährt Bastet in einem Ton fort, wie ich ihn noch nie gehört habe, richtig hoheitsvoll. »Ihr Männer, verbergt euch an einem verabredeten Ort und haltet ein Schiff für die Flüchtigen bereit! Ihr Kinder, dringt auf dem Wasserweg in den Palastbezirk ein! Ich werde meine Aufgabe erfüllen. Und du, Kai, erfülle endlich die deine!«

7

Ich muss verrückt sein. So zu tun, als wäre ich ein Held. Jetzt muss ich wirklich einer sein, ein Held. Nun stecke ich drin und kann nicht mehr zurück.

Wie Bastet gesagt hat, ich soll endlich meine Aufgabe erfüllen, da ist mir klar geworden, dass ich Ipalla befreien muss, um von Atlantis wegzukommen. Das mit dem Eisen und den Erfindungen war gar nicht meine Aufgabe. Wie konnte ich bloß so blöd sein!

Wenn ich das jetzt nicht mache, dann sehe ich Mama und Papa und Claudia und Thorsten nie wie–

Nein, daran darf ich jetzt nicht denken. Nur daran, wie ich mit Aoja durch das Gitter in den Hafen der Königsburg komme. Weiter weiß ich sowieso nicht. Aber wenn Bastet versprochen hat, dafür zu sorgen, dass wir ins Bergwerk gelangen, dann wird sie sich schon etwas einfallen lassen.

Wie wir dann Aojas Vater finden und mit ihm durch den Geheimgang aus der Burg fliehen sollen, obwohl er das allein offensichtlich nicht konnte, ist mir allerdings schleierhaft.

Wäre das ein Computerspiel, dann wüsste ich, dass man nur lange genug suchen und alle möglichen Tricks ausprobieren muss, um eine Lösung zu finden. Und wenn man dabei draufgeht, dann versucht man es noch mal von vorn, mit einem neuen Leben.

Aber so, in Wirklichkeit …

Ich schwimme im Hauptkanal zurück zum Palast. Dicht hinter mir höre ich leises Plätschern. Das ist Aoja. Sehen kann ich sie nicht, auch nicht, wenn ich den Kopf zurückdrehe.

Es ist eine dunkle Nacht. Kein Mond, keine Sterne. Wolken. Der erste Regen, seit ich in Atlantis bin. Bestimmt ist Bastet dafür verantwortlich, mit ihren Beziehungen als Göttin. Man müsste schon Augen wie eine Katze haben, um uns in dieser Finsternis im Kanal zu entdecken. Obwohl wir auf dem Wasser schwimmen.

Aoja kann nämlich nicht tauchen. Also müssen wir ganz gewöhnlich schwimmen, bis wir an das Gitter kommen, das den Hafen der Königsburg abschließt.

Aoja und ich, wir beide ganz allein, müssen Ipalla befreien. Die Fischer warten in einer Höhle in einer Meeresbucht mit einem Schiff auf uns, damit wir von der Insel fliehen können. Rhtih ist jetzt wahrscheinlich schon bei ihnen. Sie wollten Rhtih abfangen, wenn er mit Krk in die Schmiede zurückkehrt, ihm zur Flucht aus Krks Werkstatt verhelfen und ihn bei sich in der Höhle verstecken.

Aua. Beinahe hätte ich geschrien. Ich habe mir die Hand gestoßen. Ich habe das Gitter nicht gesehen.

Über mir höre ich die Schritte eines Wächters auf der Mauer.

Aoja und ich klammern uns an das Gitter und wagen kaum mehr zu atmen.

Wir warten eine endlose Zeit. Aoja fasst nach meiner Hand und presst sie, ganz fest. Mein Herz bummert so laut, dass ich fürchte, es muss uns verraten. Langsam entfernen sich die Schritte. Bin ich froh, dass die hier keine Scheinwerfer und kein Flutlicht haben.

»Ich glaube, wir können weiter«, flüstert Aoja.

Wir schlüpfen durch das Gitter. Schwimmen durch den Hafen. Jetzt passe ich sehr auf, dass ich nicht wieder irgendwo anstoße. Ich fühle die Kaimauer. Klettere hinauf. Ziehe Aoja aus dem Wasser. Gemeinsam schleichen wir am Hafenbecken entlang.

In diesem Augenblick scheppert, klirrt, poltert und kracht es neben uns.

Mama!

Von allen Seiten höre ich Stimmen. Krieger rennen herbei, in einer Hand die Fackel, in der anderen den Speer.

Gleich –

Im Feuerschein sehe ich eine Bewegung. Einen schwarzen Schatten, der davonhuscht. Bastet! Und das am Boden liegende Holzgestell mit den Schilden. Das war es, was einen solchen Höllenlärm gemacht hat: Bastet ist gegen das Gestell gestoßen, es ist umgestürzt und alle Schilde sind zu Boden gefallen!

Ausgerechnet Bastet hat den Lärm gemacht, der uns verraten hat!

Ein Mann packt mich und hält mich fest, seine Hände sind hart wie aus Eisen, und neben mir zappelt Aoja im Griff eines anderen Mannes. Dann leuchtet mir jemand ins Gesicht, es ist der Wächter, der am Morgen so unfreundlich zu mir war. »Wen haben wir denn da?«, sagt er. »Jetzt ist es vorbei mit deiner Angeberei, jetzt wirst du erleben, wie es ist, wenn man beim König in Ungnade gefallen ist!«

»Wie-, wieso denn«, stottere ich, »ich habe nur einen

kleinen Ausflug gemacht, und das hier, das ist meine Freundin …«

»Maul halten!«, sagt der Wächter und stößt mich vorwärts. Der andere Wächter zieht Aoja hinter sich her. Aoja gibt keinen Laut von sich, nicht den kleinsten Mucks.

Bastet ist verschwunden.

Sie hat versprochen, uns zu helfen, und nun hat sie uns verraten, und jetzt ist sie nicht da.

Was soll ich bloß tun?

James Bond gibt in einer ausweglosen Situation nie auf. Er hat auch keine Angst, nicht einmal, wenn es so aussieht, als würde er umgebracht. Er rückt sein Jackett zurecht und macht ein ungerührtes Gesicht und fängt irgendein Gespräch an und findet einen Ausweg in allerletzter Sekunde.

Ich habe kein Jackett an.

Wenn ich nur eine Ausrede wüsste. Etwas, womit ich den König gnädig stimmen könnte. Eine wirklich gute Erfindung vielleicht … Wie sahen bloß diese Belagerungstürme in meinem Ritterburgen-Buch aus?

Wir werden in einen Teil des Palastes gebracht, den ich noch nie gesehen habe. Hier geht es nicht zum König.

Ein endlos langer Gang. Dann eine Tür. Ein dunkler Platz. Ein Tor.

Jetzt erkenne ich es. Das Tor in der Nordmauer!

Vier Wachen stehen im Torbogen. Und ein Hofbeamter, den ich schon öfter beim König gesehen habe.

»Bitte«, krächze ich, mein Mund ist ganz trocken, ich muss ein paarmal schlucken, ehe ich richtig reden kann, »bitte, ich möchte zum König, ich kann ihm alles erklären, ich wollte doch nur mal kurz in die Stadt, weil, ich wollte Aoja sehen, sie ist doch meine Freundin, und jetzt wollte ich ihr doch bloß zeigen, wo ich wohne, wirklich, es ist alles ganz harmlos …«

»Spar dir die Mühe«, sagt der Beamte. »Der König will dich nie mehr sehen. Er hat befohlen, dass du das Licht des Tages nicht wieder erblicken sollst. Du hast das Verbot des Königs übertreten. Und du hast ihn belogen. Was glaubst du, wer du bist?! Den König von Atlantis zu betrügen! Es hat kein Schiff mit weißen Segeln im Hafen angelegt, als du hier aufgetaucht bist. Darum werden du und deine Freundin für immer dort verschwinden, wo Menschen verschwinden, die es wagen, sich gegen den König aufzulehnen!«

Er gibt den Wachen einen Wink. Und das Tor in der Nordmauer öffnet sich.

Es ist wie ein Alptraum. Ich will schreien und kann nicht. Ich will weglaufen und rühre mich nicht.

Jetzt kommen wir dahin, wohin wir wollten. Aber ganz anders, als wir wollten.

War das etwa Bastets Plan?!

Wie sollen wir Aojas Vater befreien, wenn wir selbst gefangen sind?

Ich will aufwachen und in meinem Bett liegen, und meinetwegen kann Thorsten ruhig merken, dass ich sein Computerspiel gemacht habe. Mehr als mich anmotzen tut er sowieso nicht, auch wenn er gesagt hat, er bringt mich um.

Aber das hier, das bringt mich wirklich um.

Die Wächter schleppen uns weiter. Es geht bergab. Nur ganz schwach sehe ich die Umrisse von Hütten und seltsamen kleinen Hügeln. Dann halten wir an. Männer, die ich im Finstern nicht erkennen kann, schieben irgendetwas Schweres am Boden. Dann öffnen sie eine Falltür. Jemand leuchtet mit einer Fackel hinunter. Eine Treppe. Und dann ein dunkler Gang, der weiter in den Berg hineinführt.

Da hinunter geh ich nicht, um nichts in der Welt.

Warum ist Bastet nicht da, um uns zu helfen?!

Ich versuche mich aus dem Griff des Wächters zu befreien. Er hält mich nur noch fester. »Gib Ruhe und steig da runter«, sagt er. »Sonst endest du schon heute als Futter für den Drachen!«

Der Drache! Gibt es ihn vielleicht doch?

Wir gehen die Treppe hinunter und einen dunklen Höhlengang entlang. Ein Wächter vor uns, ein Wächter hinter uns, jeder mit einer Fackel. Ich überlege, wie ich ausreißen könnte, aber mir fällt nichts ein.

Immer weiter geht es, dann bleibt der vordere Wächter an einer sehr fest aussehenden Tür stehen, schiebt einen schweren Riegel zurück und tritt sie auf. Sie öffnet sich mit lautem Knarren. Ich sehe ein paar Stufen, danach nur noch Schwärze.

Der Wächter hinter uns schiebt mich durch die Tür und gibt mir einen Schubs. Ich stolpere die Stufen hinunter, wäre beinahe gestürzt. Mit zitternden Beinen komme ich unten an. Hinter mir schreit Aoja auf. Sie kugelt und fällt die Stufen herunter, kommt zwischen meinen Füßen zum Liegen.

Ich bücke mich und helfe ihr auf.

Oben wird die Tür geschlossen. Wir stehen im Finstern. Allein.

Es ist vollkommen schwarz um uns. Nicht das kleinste bisschen Licht.

Unwillkürlich klammere ich mich an Aoja. Und sie sich an mich.

Das hätte ich mich nie getraut, draußen bei Licht. Ich meine, ich umarme doch kein Mädchen! Aber hier ist es etwas anderes. Und das Einzige, was hilft.

Ich weiß nicht, wie lange wir stehen, ohne uns zu regen. Mir kommt es vor wie eine Ewigkeit.

Irgendwo höre ich Wassertropfen zu Boden platschen. Aojas kurze Haare kitzeln an meiner Nase.

Ich glaube, wenn ich Aoja loslassen müsste, könnte ich mich nicht mehr beherrschen. Ich würde schreien vor Angst. Das geht natürlich nicht. Was würde Aoja von mir denken!

Ich räuspere mich. »James Bond würde sich jetzt vorwärts tasten«, sage ich. »Ganz vorsichtig natürlich, es könnte hier ja Fallen geben.«

»James Bond?«, fragt Aoja. Ihre Stimme zittert ein bisschen. »Na, egal, es bleibt uns nichts anderes übrig. Wir können ja nicht ewig hier stehen.«

Sie tritt einen Schritt von mir zurück. Schnell fasse ich nach ihrer Hand. »Lass nicht los«, sage ich. Aber damit sie nicht denkt, ich hätte Angst, füge ich schnell hinzu: »Dann können wir uns gegenseitig retten, wenn einer in eine Falle tritt.«

Unendlich langsam tasten wir uns voran. Mit einer Hand fühle ich die kalte, unebene Wand, mit der anderen Aojas Hand. Sehr viel wärmer ist die auch nicht. Wir treten in kein Loch. Der Boden geht allmählich in die Tiefe. Und dann merke ich, dass es nicht mehr völlig finster ist. Irgendwo aus der Ferne kommt ein ganz schwaches rotes Licht. Langsam ahne ich die Wände des Ganges, in dem wir uns befinden. Sie sind aus dem Fels gehauen, haben Vorsprünge und Nischen.

»Kai?«, fragt Aoja. »Es kann kein Zufall sein, dass Bastet das Gestell umgestoßen hat, oder?«

Ich beiße mir auf die Lippen. Ich glaube, sprechen kann ich jetzt nicht.

»Sie hat gesagt, sie bringt uns ins Bergwerk«, redet Aoja weiter. »Und wir sind drin. So habe ich mir das zwar nicht vorgestellt, aber jetzt müssen wir das Beste draus machen und meinen Vater suchen.«

Puh. Aoja hat Nerven wie James Bond.

Da! Was um alles in der Welt ist das?!

Ein furchtbares Gebrüll aus der Tiefe des Ganges!

So schreit kein Mensch.

So schreit auch kein Tier.

Vor Schreck mache ich einen Satz rückwärts und stoße mit Aoja zusammen. Aoja klammert sich an mich. »Der Drache!«, flüstert sie.

Es gibt ihn, den Drachen.

Ich kann mich nicht rühren. Nicht einen Muskel.

»Kai, wir …«, beginnt Aoja und bricht ab. Denn jetzt flammt ein Licht auf. Ein rötlich flackerndes Licht, und dann hören wir ein Zischen, wie bei dem Flammenwerfer, mit dem Papa beim Schulfest den Grill angeheizt hat.

Papa, hilf mir –

Der ganze rechte Gang ist auf einmal von Licht und Brausen erfüllt, Hitze schlägt uns entgegen, und dann sehen wir etwas am Ende dieses Ganges –

O mein Gott!

Wir schreien und rennen und fallen hin und rappeln uns auf, es ist wieder dunkel, wir rennen und stoßen uns den Kopf und stolpern und schreien und schreien …

Gleich kommt er hinter uns her und versengt uns mit

seinem Feuer und frisst uns. Kaninchen am Bratspieß. Drachenfraß …

Wie groß muss er sein, wenn schon sein Schweif so riesig ist, sein gepanzerter Schweif mit den zackigen Schuppen, sein Schweif, der den Boden gepeitscht hat am Ende des Ganges, sein Schweif, das Einzige, was wir von ihm gesehen haben –

Er ist ganz nahe, der Drache.

Und ich habe gedacht, das sind alles nur Märchen.

Ich renne gegen ein Hindernis, aber das ist kein Fels, das ist etwas Lebendiges –

Ich werde wahnsinnig!

»Ist ja gut, Kinder, nun schreit nicht so, ist gut, seid wohl neu hier unten, willkommen in der Unterwelt!« Jemand hält mich an der Schulter und drückt mich an sich. Ich spüre eine Männerbrust.

»Der Drache!«, schrei ich und Aoja schreit: »Er kommt hinter uns her!«

»Jetzt beruhigt euch erst mal!«, sagt der Mann und klopft uns beiden auf dem Rücken rum. »Ist ja gut. Er kann nicht hierher, der Drache, er ist viel zu groß, um seine Höhle zu verlassen, er passt nicht durch den Gang, ganz ruhig, Kinder, ruhig!«

»Er, er frisst uns nicht?«, stottere ich.

»Nein, er frisst euch nicht«, sagt er und jetzt wird mir erst klar, dass ich die Stimme kenne.

»Kommt ein Stück weiter, ihr beiden, und dann legt euch hin!«, sagt er. »Ihr seid jetzt Bergwerkssklaven wie wir alle. Dort vorn in dem großen Höhlenraum schlafen an die hundert Gefangene. Wenn draußen die Sonne aufgeht, kommen die Wachmänner und treiben uns zur Arbeit. Die Nacht ist die einzige Zeit, die wir zum Ausruhen haben. Also weckt nicht alle auf!«

»Marfen?«, frage ich. »Marfen, bist du es?«

»Kai?!«, ruft er aus. »Um Himmels willen, Kai! Hat der König auch dich hierher verdammt?! Und ich dachte, du seist in Sicherheit, weil du ihm nützlich wärst! Ach Junge, Junge!«

Er drückt mich an sich und ich muss heulen. Dann erzähle ich ihm, wer Aoja ist und dass sein Bruder ihn befreien möchte und wie sein Bruder mich aus dem Fluss gefischt hat. Marfen erkundigt sich nach seinem Bruder und den anderen Fischern. Alles erzähle ich ihm und frage ihn, ob man aus dem Bergwerk fliehen kann, und er lacht so wie jemand, der gar keinen Grund zum Lachen hat, und sagt: »Klar, was glaubst denn du! Aber keiner tut es! Alle Gefangenen bleiben ganz freiwillig, weil's hier unten so schön ist!«

War ja auch eine dumme Frage von mir.

»Marfen«, fragt Aoja, »weißt du, ob mein Vater hier ist, hast du ihn gesehen?«

»Tut mir Leid, ich habe den Hohepriester weder gesehen noch von ihm gehört«, antwortet Marfen. »Dabei habe ich mich bei einigen Gefangenen nach ihm erkundigt und auch nach den neun alten Königen von Atlantis, weil ich gehofft hatte, die würden hier gefangen gehalten. Aber …« Er spricht nicht weiter.

»Heißt das«, flüstert Aoja, ihre Stimme ist ganz heiser, »dass mein Vater, dass der König ihn …«

Marfen unterbricht sie: »Lass, Kind! Du musst jetzt tapfer sein. Noch ist nicht alles verloren! Morgen versuche ich dir zu helfen, etwas über deinen Vater zu erfahren, aber jetzt ist wirklich nicht der rechte Augenblick dafür. Wir müssen dringend noch etwas Schlaf bekommen!«

Marfen führt uns im Finstern durch den Gang. Von irgendwo fragt eine Stimme: »Was war denn los, wer hat so geschrien?«

»Nichts, schlaft weiter!«, sagt Marfen. »Nur zwei Kinder, denen der Drache einen Schreck eingejagt hat!«

Wie er das sagt – als wäre es ein Pappenstiel, mal eben einem Drachen zu begegnen. Als ob das kein Grund wäre zum Schreien!

Der Gang scheint sich zu weiten. Ich glaube, wir sind jetzt in einem großen Höhlenraum, in dem auch andere Menschen sind. Jedenfalls höre ich Schnarchen. Und Husten.

Marfen sagt, wir sollen uns hinlegen. »Einfach so auf den Boden?«, frage ich.

Er lacht trocken. »Auf dein Himmelbett musst du hier verzichten! Glaub mir, morgen Abend wirst du vor Dankbarkeit weinen, wenn du dich auf den nackten Felsboden legen darfst!«

Das kann ich mir zwar nicht vorstellen, aber ich leg mich trotzdem hin. Marfen liegt an meiner rechten Seite, Aoja an meiner linken. Der Boden ist hart und kalt.

Wenn Bastet da wäre, würde sie mich wärmen. Sie ist genauso warm wie Felix, viel wärmer als ich. Bastet könnte mich beschützen. Vor dem Drachen –

»Marfen, du bist ganz sicher, dass der Drache nicht hierher kommt?«, flüstere ich.

»Ganz sicher! Der Drache ist in seiner Höhle gefangen wie ein Raubtier in einem Käfig. Solange ihr nicht zu weit in den Gang geht, aus dem ihr das Feuer gesehen habt, droht euch keine Gefahr von ihm. Und solange ihr anständig arbeitet!«

»Arbeitet?«

»Arbeitet!«, wiederholt er. »Oder was glaubst du, wozu ihr hier seid? Wer sein Soll im Bergwerk nicht schafft, wird in den Drachengang getrieben. Und von dort ist noch keiner wiedergekommen. Also spuckt morgen in die Hände und sorgt dafür, dass die Aufseher mit euch zufrieden sind! Und jetzt gib um Himmels willen Ruhe, ihr braucht euren Schlaf, und ich auch!«

Schlafen! Das ist leichter gesagt als getan! Wenn man so friert, dass man mit den Zähnen klappert. Wenn sich einem der harte Boden durch den Rücken bohrt, als käme er vorn gleich wieder raus. Wenn man in einem Bergwerk gefangen ist, in dem es einen Menschen fressenden Drachen gibt. Und wenn man in der falschen Zeit gelandet ist und nicht mehr nach Hause kann.

Hätte ich eine Laserpistole und ein elektromagnetisches Schutzschild, dann könnte ich den Drachen töten. Ich würde einfach in seine Höhle gehen und so lange feuern, bis er sich nicht mehr regt, und noch eine ganze Weile länger. Und dann würde ich die Laserpistole auf die Wächter richten und schreien: Macht die Tür auf oder ich schieße!, und sie würden ganz schnell alles aufmachen, und ich würde alle befreien, die im Bergwerk gefangen sind. Aber leider habe ich keine Laserpistole. Nicht einmal eine ganz gewöhnliche Pistole.

James Bond hätte einen Kugelschreiber dabei, in den eine Rakete eingebaut ist, oder so was.

Marfen ist eingeschlafen. Er schnarcht.

Es ist mir unbegreiflich, wie man hier schlafen kann.

Dauernd hustet jemand. Und dann höre ich, wie einer verzweifelt nach Luft ringt, es pfeift richtig, so wie bei Claudia an dem Tag, als sie ihren ersten Asthma-Anfall hatte und ich dachte, sie muss ersticken.

Verdammt, jetzt heule ich schon wieder.

Da spüre ich eine Hand auf meiner. Sie ist schmal und zierlich, aber sie hat eine harte, schwielige Haut von der schweren Arbeit.

Aoja. Ich drücke ihre Finger. Und sie drückt meine. Und dann halten wir uns einfach an der Hand.

Auf einmal wird mir warm. Viel wärmer als von Felix oder von Bastet.

8

Ich bin völlig fertig. So kaputt wie noch nie in meinem Leben. So kaputt, wie ich es mir bisher überhaupt nicht hatte vorstellen können.

Den dritten Tag schleppe ich nun schon Tragekörbe voller Steinbrocken. Ich glaube, diese Dinger sind schwerer als ich selbst.

In München waren wir mal im Deutschen Museum und haben uns das Bergwerk angeschaut. Papa hat mir erklärt, wie so ein Bergwerk funktioniert, und Mama hat mir erzählt, dass früher Kinder im Bergwerk arbeiten mussten und dass es in vielen Ländern der Welt auch heute noch Kinderarbeit gibt, dass Kinder sogar oft Schwerstarbeit leisten müssen, für die sie noch viel zu klein sind, und dass das ihr Leben ruiniert und ganz schrecklich ist.

Aber dass es so schrecklich ist, habe ich nicht geahnt.

Wenn ich wenigstens einen Augenblick Pause machen könnte. Aber überall sind Aufseher, die aufpassen, ob einer zu langsam ist oder sich hinsetzt und den Korb von den Schultern nimmt, und das ist dann der Nächste, der in den Gang getrieben wird, zum –

Ich werd noch verrückt!

Ich bin als Träger einem Gefangenen zugeteilt, der als

Hauer an einem neuen Gang durch den Felsen arbeitet, und alle Steinbrocken, die er loshaut, muss ich durch die langen Gänge bis zum Fuß der Treppe tragen, die der Wächter Aoja und mich vor drei Tagen hinuntergestoßen hat. Dort übernimmt einer der Wächter meinen Korb und trägt ihn ins Freie, und ich muss mit einem leeren Korb zurücklaufen und auch den wieder voll machen, bis nichts mehr hineingeht, und wieder schleppen.

Mir tut alles weh, einfach alles. Meine Schultern und mein Rücken und meine Beine und meine Füße. Aber am schlimmsten ist der Staub gemeinsam mit dem Rauch der Feuer, die während der Arbeitszeit hier überall brennen. Es beißt in den Augen und in der Nase und im Hals und in der Brust. Es frisst mich innerlich auf. Dauernd muss ich husten, und manchmal glaube ich, ich kriege überhaupt keine Luft mehr.

Verdammt, Claudia, jetzt weiß ich, was du mitgemacht hast. Auch wenn du natürlich nicht im Bergwerk arbeiten und keine schweren Körbe tragen musstest. Aber dafür bist du ja ein Mädchen.

Aoja ist auch ein Mädchen. Aber ehrlich gesagt schafft sie es besser als ich. Obwohl ihr Korb genauso voll ist wie meiner, läuft sie schneller, und wenn wir uns begegnen, lächelt sie mir sogar manchmal zu. Ihr ganzes Gesicht verändert sich, wenn sie lächelt. Irgendwie, als würde jemand von innen Licht anknipsen. Ich versuche dann auch zu lächeln, aber ich habe das Gefühl, es wird nur eine Grimasse wie von Frankensteins Monster.

Abends vor dem Einschlafen und während der zwei Mahlzeiten, die wir hier kriegen, macht Aoja es genauso wie Marfen: Sie redet mit anderen Gefangenen und versucht herauszubekommen, ob die was über ihren Vater wissen. Sie bespricht mit Marfen, welche Gefangenen sie noch nicht ausgefragt haben und mit welchen sie am nächsten Tag reden wollen. Ich würde ihnen ja helfen, aber ich bin so fertig, dass mir automatisch die Augen zufallen, sobald die Feuer im Bergwerk gelöscht werden.

Außerdem muss ich zugeben, dass ich im Augenblick größere Sorgen habe als die um Aojas Vater. Ob ich rechtzeitig mit meinem Korb die Treppe erreiche, ehe der Wächter auf mich wartet. Ob ich nicht demnächst ersticke oder tot umfalle. Ob ich der Nächste bin, der dem Drachen als Frühstück serviert wird. Ob ich aus diesem Bergwerk wieder hinausgelange. Ob ich je nach Hause zurückkomme.

Dafür müsste ich allerdings Ipalla befreien. Das ist meine Aufgabe, und die habe ich vor lauter Verzweiflung fast vergessen.

Es ist sowieso aussichtslos. Ipalla zu finden und zu befreien – das gelingt mir nie und nimmer.

Ich hätte nicht gedacht, dass Bastet so gemein sein kann. Mir eine Aufgabe zu geben, die zu schwer für mich ist. Dafür zu sorgen, dass ich hier im Bergwerk lande. Und mich dann im Stich zu lassen.

Ipalla befreien! Und wer befreit mich?!

Außerdem ist Ipalla wahrscheinlich gar nicht hier im Bergwerk. Wahrscheinlich ist mit ihm etwas ganz anderes passiert.

Auch Aoja beginnt das zu fürchten.

Gestern hat Aoja Marfen immer wieder gefragt, ob er glaubt, dass ihr Vater tot ist. Marfen hat gesagt, nein, das glaubt er nicht. Es würde nicht zu König Aldegros passen, jemanden zu töten, auf den er so zornig ist wie auf Ipalla, hat er gemeint. Der König ist so grausam, dass er seine Rache genießen möchte und sich furchtbare Strafen ausdenkt, die ganz lange dauern, hat Marfen gesagt.

Vielleicht hat er Aoja damit trösten wollen, damit sie nicht Angst hat, dass ihr Vater tot ist, aber ich fand das nicht sehr tröstlich, und Aoja auch nicht.

»Du meinst doch nicht, dass der König meinen Vater –«, hat Aoja gestottert und zu heulen angefangen, aber anstatt sie zu trösten, hat Marfen geantwortet: »Tut mir Leid, Kind. Aber ich will dir nichts vormachen. Möglich wäre es.« Da hat Aoja noch mehr geheult.

»Kann mir vielleicht mal einer erklären, wovon ihr redet?«, habe ich gesagt, und da hat Marfen in einem Ton, als sei das die selbstverständlichste Sache der Welt, erwidert: »Es heißt, schon mehr als einmal hat der König Menschen, auf die er zornig war, in Tiere verwandelt. Tiere, denen er dann großes Leid zufügt.«

Da bin ich wirklich wütend geworden und habe mich aufgeregt, wie Marfen nur so gemein sein kann. Aoja hat Angst um ihren Vater, und Marfen macht blöde Witze.

Aber dann ist mir ganz heiß geworden. Ich habe daran gedacht, dass ich den Drachen auch für Quatsch gehalten habe, bis ich seinen Schwanz gesehen habe. Und dann ist mir eingefallen, wie ich vor der Tür gehört habe, dass der König einen Mann angebrüllt hat, und als ich rein bin, war dieser Mann verschwunden, obwohl der Raum doch nur die eine Tür hat. Dafür war ein Papagei da, den ich vorher noch nie gesehen hatte und der geschrien hat und verzweifelt mit den Flügeln geschlagen.

Da habe ich auf einmal gewusst, dass Marfen Recht hat.

Meine Güte, war ich blöd. Zu glauben, hier müsste alles

sein wie bei uns, nur eben älter. Dabei ist in Atlantis alles anders. Ganz anders. Bei uns gibt es schließlich auch keine sprechende Katze, die eine Göttin ist. Aber hier gibt es sie. Und einen Drachen. Und einen König, der ein böser Zauberer ist und Menschen in Tiere verwandeln kann. Nur Eisen zu schmelzen, das hat er nicht geschafft mit seiner Zauberei, weil er nicht gewusst hat, dass man Eisen schmieden muss. Um Waffen aus Eisen zu bekommen, dafür hat er mich gebraucht. Aber jetzt braucht er mich nicht mehr.

Ich darf noch dankbar dafür sein, dass er mich nicht auch in ein Tier verzaubert hat.

Aus Ipalla hat der König vor lauter Wut vielleicht ein besonders ekelhaftes Tier gemacht. Vielleicht ist der Hohepriester von Atlantis jetzt ein Schwein und muss unter anderen Schweinen im größten Dreck und Gestank leben und lauter vergammeltes Zeug fressen. Oder er ist eine Ratte und wühlt in den Küchenabfällen und muss aufpassen, dass er nicht erschlagen oder vergiftet wird. Oder er ist sogar nur ein Wurm oder so ein widerlicher Käfer wie die, die immer so schnell weglaufen, wenn man im Garten einen Stein aufhebt.

Kein Wunder, dass Aoja heute Nacht geweint hat. Ich hab es gemerkt, als ich mal aufgewacht bin. Ich habe nach ihrer Hand getastet und sie gehalten. Und dann hat Aoja ihren Kopf an meine Schulter gelehnt. Ich habe mich fast nicht mehr zu atmen getraut und habe stocksteif dagelegen. Wenn Tim mich so gesehen hätte, mit dem Kopf eines Mädchens an meiner Schulter! Ich wäre gern wach geblieben, aber dann bin ich doch wieder eingeschlafen, und als wir geweckt worden sind, war Aoja schon auf.

Da ist die Treppe. Der Wächter nimmt meinen vollen

Korb. Mit einem leeren gehe ich zurück. Das sind die besten Augenblicke am Tag: Wenn kein Korb auf den Schultern drückt und einem den Rücken zerquetscht. Ich lasse die Arme beim Laufen schlenkern, das tut irgendwie gut.

Dort in der Nische ist jemand. Ich glaube, da hat einer seinen Korb abgestellt und sich hingesetzt. Wenn das ein Aufseher merkt!

Aber das ist ja Aoja!

Ich renne zu ihr hin. »Aoja«, rufe ich, »steh auf, nimm den Korb, geh weiter, bitte!«

Sie kauert am Boden, hat den Kopf auf die Knie gelegt und weint.

Was soll ich bloß tun! Ich darf nicht anhalten. Wer dabei erwischt wird –

Ich knie neben ihr nieder und wiederhole ihren Namen. Sie weint einfach weiter, hebt nicht einmal den Kopf.

Schnell schaue ich den Gang auf und ab. Es ist niemand zu sehen. »Komm«, sage ich, »ich helf dir, den Korb wieder auf den Rücken zu nehmen!«

Sie rührt sich nicht.

»Du musst weitergehen, bitte, Aoja, wenn dich ein Aufseher erwischt!«

»Soll er doch!«, stößt Aoja hervor und heult noch mehr.

»Aber dann, der Drache …« Ich komme ins Stottern.

Aoja schluchzt: »Dann ist wenigstens alles vorbei!«

Ich habe ein Gefühl im Bauch, als würden lauter Fledermäuse drin herumflattern. Was soll ich bloß tun? Ich kann sie doch hier nicht allein lassen, jeden Augenblick kann ein Aufseher kommen!

Ganz vorsichtig streichle ich über ihre kurzen Haare. Sie dreht sich um und fällt mir um den Hals. Ihre Tränen lau-

fen über meine Brust. Unter lauter Schluchzern stößt sie hervor: »Es ist vorbei. Heute haben wir mit den letzten Gefangenen geredet, Marfen und ich. Jetzt haben wir wirklich jeden gefragt! Und kein Einziger hat etwas über meinen Vater gewusst! Keiner hat ihn gesehen. In keinem Teil des Bergwerks. Mein Vater ist nicht hier. Bestimmt hat der König ihn verzaubert. Nie können wir ihn erlösen. Und nie werden wir selbst befreit werden! Ich will nicht mehr leben, es hat doch alles keinen Sinn mehr!«

Ich weiß nicht, was ich sagen soll. Ich weiß nicht, was ich machen soll. Ich knie hier und halte Aoja im Arm und lass mich von ihr nass weinen.

Wenn jetzt ein Aufseher kommt, dann werden wir beide gemeinsam an den Drachen verfüttert.

Ich höre Schritte im Gang. Da springe ich auf und ziehe Aoja in die Höhe. »Ich finde die Wahrheit über deinen Vater heraus. Und ich rette ihn. Ich verspreche es dir!«, stoße ich hervor und lade Aoja den Korb auf den Rücken. Dann nehme ich meinen leeren und renne den Gang hinab. An der Ecke stoße ich beinahe mit dem Aufseher zusammen, der mir entgegenkommt.

Kurz schaue ich zurück. Aoja geht unter dem Korb gebückt der Treppe entgegen.

Es ist alles in Ordnung. Nur das eine nicht: Dass ich nicht weiß, wie ich mein Versprechen halten soll.

9

Noch ein paar Schritte, dann bin ich mit meiner Last wieder bei der Treppe. Jetzt muss ich tun, was ich mir vorgenommen habe: den Wächter nach Aojas Vater fragen.

Ich beiße mir auf die Lippen. Ich weiß nicht, ob das gut ist, was ich mir da ausgedacht habe. Aber ich muss es versuchen. Die Gefangenen wissen nicht, was mit dem Hohepriester geschehen ist. Aber vielleicht wissen es die Wächter. Die Frage ist nur, ob sie es mir sagen.

Der, dem ich immer meinen Korb bringen muss, ist nicht so gemein wie die anderen. Heute Morgen hat er mich nicht an den Aufseher verraten, als ich mich verspätet habe, weil ich mit Aoja geredet hatte. Er hat nur gesagt: Beim nächsten Mal etwas zügiger! Und dann hat er mir sogar heimlich einen Apfel zugesteckt. Damit ich wieder zu Kräften komme, hat er gesagt.

Da ist er. Er tritt hinter mich und hebt mir den Korb vom Rücken. Unwillkürlich stöhne ich auf. Und dann frage ich es, ganz schnell, ehe ich es mir wieder anders überlegen kann: »Können Sie mir sagen, ob Ipalla hier im Bergwerk gefangen gehalten wird?«

Er ist ganz still. Ich fürchte, er hat meine Frage nicht verstanden. Ich drehe mich zu ihm um.

Er sieht ziemlich bleich aus und schaut verstohlen nach allen Seiten. Dann flüstert er: »Junge, ich will deine Frage nicht gehört haben! Das ist alles, was ich für dich tun kann. Wenn dir dein Leben auch nur einen einzigen kleinen Kupferring wert ist, dann stellst du diese Frage nicht noch einmal! Und jetzt an die Arbeit! Lauf! Mach schon!« Er wuchtet sich den Korb auf den Rücken und beginnt die Treppe hinaufzusteigen.

So ist das also. Hätte ich mir fast denken können. Nach Ipalla darf man nicht fragen. Wahrscheinlich genauso wenig wie nach den neun Königen von Atlantis.

Aber wenn der Wächter nichts über Ipalla wüsste, wenn Ipalla tot wäre oder in ein Tier verhext, dann müsste der Wächter doch nicht solche Angst haben, nur weil ich nach Ipalla frage, oder?

Angst muss er nur haben, wenn Ipalla in Wirklichkeit doch hier im Bergwerk ist, aber es keiner wissen darf. Denn wenn Ipalla im Bergwerk eingekerkert ist und befreit wird, dann wird es brenzlig für die Wächter, die ihn bewachen sollten.

Mir scheint, er hat mächtig Angst gehabt, der Wächter.

Also ist Aojas Vater hier im Bergwerk.

Quote Ratte Mohnstrand um. Das hat mir Claudia beigebracht. Es ist Lateinisch und man sagt es, wenn man etwas bewiesen hat. Na ja, so richtig bewiesen ist es nicht. Aoja wird es wohl nicht ausreichen. Für die brauche ich noch einen besseren Beweis. Damit sie sich nicht vor lauter Verzweiflung an den Drachen verfüttern lässt.

Der Drache!

Natürlich. Keiner der Gefangenen hat Aojas Vater je im Bergwerk gesehen. Also ist er in keinem der Gänge und

Stollen und Kammern, in die die Gefangenen kommen. Und der einzige Teil des Bergwerks, in den nie ein Gefangener gelangt, jedenfalls nicht, ohne gefressen zu werden und nie mehr davon erzählen zu können, ist die Höhle des Drachen.

Noch nie ist ein Gefangener aus der Höhle des Drachen zurückgekommen …

Wenn das Bergwerk hinter der Höhle des Drachen noch weiterginge – keiner wüsste davon. Keiner kann eine Ahnung davon haben, ob sich dahinter noch etwas befindet. Oder jemand.

Der Drache – einen besseren Wächter kann es nicht geben. Der lässt keinen durch, der frisst jeden auf. Und der verrät nichts.

Nicht?

Ich muss wirklich verrückt sein. Es ist der reine Wahnsinn, was ich da denke.

Die tapfersten und stärksten Männer unter den Gefangen haben schon versucht, den Drachen zu besiegen, aber keinem ist es gelungen und keiner von ihnen ist aus der Drachenhöhle zurückgekehrt. Wie soll ich mich da hineinwagen! Der Drache hat neun Köpfe und neun Leiber, die nur am Schweif zusammengewachsen sind. Wenn man einen der neun Drachenteile töten würde, würden noch die acht anderen leben!

Aber töten will ich ihn ja gar nicht.

Wenn ich nur mehr über ihn wüsste! Marfen sagt, zu der Zeit, als die zehn Könige noch gemeinsam regiert haben, hat keiner etwas von einem Drachen gehört. Erst kurz nachdem König Aldegros die alleinige Herrschaft an sich gerissen hat und die anderen Könige hat verschwinden lassen, gab es die ersten Gerüchte über den Drachen. Die Gefangenen, die schon am längsten hier unten sind, sind eingesperrt worden, weil sie gegen die Absetzung der neun Könige protestiert hatten. Sie sagen, als sie ins Bergwerk kamen, sei der Drache schon da gewesen.

Das sieht König Aldegros so richtig ähnlich – sich einen Drachen als Haustier zuzulegen, der die Gefangenen in Angst und Schrecken versetzt! Allerdings möchte ich wirklich wissen, wo man so plötzlich einen Drachen herzaubert.

Zaubert?! Vielleicht ist es ja das – vielleicht hat der König den Drachen gezaubert!

Wenn der König einen Mann in einen Papagei verwandeln kann, warum soll er dann nicht auch einen Menschen in einen Drachen verwandeln können!

Puh, wenn ich mir vorstelle, der König hätte das mit mir gemacht: mich in einen Drachen verwandelt und hier unten eingesperrt und mich dazu verdammt, Feuer zu spucken und allen Leuten Angst einzujagen und sie zu fressen!

Wenn der Drache in Wirklichkeit ein Mensch ist, an dem der König sich gerächt hat, dann ist er vielleicht gar nicht so böse und frisst Menschen nur, um nicht zu verhungern, so wie ein Raubtier eben andere Tiere frisst. Oder er ist durch einen Zauber dazu gezwungen, jeden Menschen zu fressen, der ihm zu nahe kommt. Vielleicht ist er sogar ganz furchtbar unglücklich. Dann müsste es doch möglich sein, mit ihm zu reden.

In den Märchen, die Claudia mir vorgelesen hat, können verzauberte Tiere sprechen. Das Reh zum Beispiel in *Brüderchen und Schwesterchen.* Oder der Bär in *Schneeweißchen und Rosenrot.* Oder der Frosch in *Froschkönig.*

Vielleicht kann man auch mit diesem Drachen hier reden. Es hat nur noch keiner versucht.

Der Drache muss wissen, ob hinter seiner Höhle Ipalla gefangen gehalten wird. Oder auch die neun alten Könige von Atlantis.

Mensch, Claudia! Wenn du jetzt hier wärst – mit dir gemeinsam würde ich es schaffen.

Aber ich muss es auch ohne dich schaffen.

Da ist er, der Gang, in dem wir am ersten Abend das Feuer gesehen haben. Ganz langsam gehe ich hinein. Einen Schritt und noch einen und wieder den nächsten. Ich darf mich auf keinen Fall so weit hineinbegeben, dass der Drache mich mit seinem Schweif oder mit einem seiner neun Köpfe erreichen kann. Aber nahe genug, damit ich mit ihm reden kann.

Da! Das Zischen –

Feuer flammt in der Biegung des Ganges vor mir auf, eine Hitzewelle streift mich. Ich glaube, meine Augenbrauen sind verschmort.

Schnell mache ich einen Satz zurück und streiche mir vorsichtshalber durch die Haare. Zum Glück brennen sie nicht.

Am liebsten würde ich weglaufen. Aber wenn ich das hier nicht schaffe, dann komme ich nie mehr nach Hause. Dann gehe ich mit Atlantis unter. Und halte mein Versprechen nicht, das ich Aoja gegeben habe.

Erst muss ich husten. Dann muss ich dreimal schlucken, ehe ich wenigstens ein bisschen Spucke im Hals habe und rufen kann: »Sehr geehrter Herr Drache! Bitte tun Sie mir nichts und stellen Sie mal kurz Ihr Feuer ab! Ich will nur mit Ihnen reden!«

Alles bleibt ruhig. Vorsichtig mache ich wieder einen Schritt nach vorn.

O mein Gott! Ich zucke zusammen, presse die Hände an die Ohren. Der Drache brüllt. Alles um mich herum dröhnt. Das klingt so schrecklich, so furchtbar –

Ich stehe da und zittere am ganzen Körper und mache mir fast in die Hose. Oder in das, was ich statt einer Hose anhabe.

Er brüllt schon wieder.

Es gibt ein Sprichwort: Hunde, die bellen, beißen nicht.

Ich hoffe, das ist bei Drachen genauso. Nur dass die eben nicht bellen, sondern brüllen.

Brüllen ist jedenfalls nicht so schlimm wie Fressen.

Ich räuspere mich noch einmal. »Es tut mir Leid, dass Sie hier eingesperrt sind, einsam und allein!«, sage ich, aber meine Stimme ist viel zu leise. Ich wiederhole es noch einmal, diesmal lauter, und füge hinzu: »Das ist wirklich gemein von König Aldegros.«

Der Drache schreit wieder. Aber diesmal klingt es anders. Nicht wütend. Eher traurig.

Ich atme auf. Es kommt mir vor, als wäre ich auf dem richtigen Weg. Also rede ich weiter: »Ich will Ihnen nichts Böses. Ich bin wie Sie ein Gefangener des Königs und muss den ganzen Tag schwere Körbe schleppen. Das ist auch nicht gerade ein Vergnügen. Und jetzt komme ich zu Ihnen, um Sie um Ihre Hilfe zu bitten. Ich habe nämlich Aoja versprochen, dass ich ihren Vater finde. Ipalla, den Hohepriester. Ich dachte –«

Ich stocke. Ein seltsames Geräusch kommt aus dem Gang. So eine Art Wimmern. Ich glaube fast, er weint, der Drache.

Und dann sehe ich etwas. Es schiebt sich langsam, langsam um die Ecke und durch den Gang ein Stück auf mich zu.

Ich stehe da wie angewurzelt.

Es ist das Schrecklichste, was ich je gesehen habe. Ein schuppiger Drachenkopf, größer als ich es bin, mit schrecklichen Reißzähnen im Maul und spitzen Zacken um die Stirn.

Er streckt seinen mit dunklen Knochenplatten gepanzerten Hals, bis sein Kopf fast bis zu mir reicht. Er sieht so gefährlich aus, dass ich kaum hinschauen kann. Aber dann sehe ich seine Augen. Sehr traurige Augen.

Und plötzlich habe ich fast keine Angst mehr. Trotzdem mache ich vorsichtshalber ein paar Schritte zurück. Falls er wieder Feuer spuckt.

Ich schaue ihn mir etwas genauer an. Die Zacken sind nicht nur auf seiner Stirn, sie sind um den ganzen Kopf. Wie eine Krone.

Licht fällt aus der Höhle auf den Drachenkopf. Da scheint es mir für einen Augenblick, die Zacken würden leuchten wie Gold.

Und plötzlich begreife ich.

Neun Köpfe: neun Könige.

Ich muss geschrien haben vor Überraschung. Und jetzt stehe ich da, beide Hände vor den Mund gepresst, und weiß gar nicht, was ich als Erstes sagen soll. Vor lauter Aufregung fange ich an zu stottern: »Der Kö-, Kö-, Könignig, er, er hat Sie ve-verzaubert, oder, Sie sind, ich meine, Sie sind in Wirklichkeit die neun alten Könige von Atlantis!«

Ein Zittern läuft über den Drachenkopf. Die riesigen Augen füllen sich mit Tränen.

Der Drache stöhnt. Und dann öffnet er sein riesiges Maul und beginnt zu sprechen. »Gesegnet seist du, Junge! Seit sieben Jahren warten wir darauf, dass einer kommt und uns erlöst! Ja, du hast die Wahrheit erkannt, die keiner vor dir gesehen hat: König Aldegros hat uns, seine neun Mitregenten, zusammengekettet und in dieses neunköpfige Ungeheuer verwandelt und uns dazu verdammt, in dieser Höhle zu hausen und jeden zu töten, der sich uns nähert, ohne uns zu erkennen. Jetzt ist zumindest dieser Teil des furchtbaren Fluches gebrochen. Die menschliche Sprache ist uns zurückgegeben und wir müssen nicht mehr töten, den Göttern sei Dank! Das hast du vollbracht, indem du Mitleid mit uns gehabt hast und zur Wahrheit gelangt bist. Ich flehe dich an, vollende dein Werk!«

»Welches Werk?«, frage ich. »Ach so, Sie meinen, Ipalla zu befreien. Ist er wirklich hier?«

»Ja. Der Hohepriester ist hier. Eingekerkert in einem finsteren Loch, dessen Zugang wir zu bewachen hatten. Wir werden dir mit Freuden helfen, den treuen Ipalla zu befreien, doch erst musst du vollends den Bann von uns lösen und uns unsere menschliche Gestalt wiedergeben.«

»Und was muss ich dafür tun?«

Der Drache seufzt. Sehr tief klingt dieser Seufzer und irgendwie ziemlich hoffnungslos. »Das musst du leider selbst herausfinden«, sagt er.

Na bravo! Als ob ich nicht schon genug am Hals hätte! Jetzt soll ich auch noch ein Rätsel lösen!

Das Ganze kommt mir vor wie ein Märchen. Da müssen die Helden auch oft Rätsel beantworten und Verzauberte erlösen.

Wie machen die das da eigentlich?

Die Prinzessin knallt den Froschkönig an die Wand. Na, das kann ich vergessen. So riesig, wie dieser Drachenkopf da ist, kann ich ihn keinen Zentimeter anheben, geschweige denn den ganzen Drachen an die Wand knallen.

Der Bär in *Schneeweißchen und Rosenrot* wird erlöst, als der böse Zwerg tot ist, der ihn verzaubert hat, und das Reh wird auch wieder zum Brüderchen, als die Hexe zu Asche verbrannt ist. Aber daran, dass König Aldegros lebt, kann ich leider nichts ändern.

Es muss noch einen anderen Weg geben. Was für Märchen hat mir Claudia sonst noch vorgelesen, wo jemand erlöst werden musste?

Dornröschen –

Oh nein! Das nicht! Das tu ich nicht, niemals! Diesen grässlichen Drachen da küssen!

Der Drache seufzt wieder. Und jetzt lösen sich die Tränen aus seinen Augen und rollen groß wie Hühnereier seine schuppigen grauen Wangen herab.

Ich schlucke.

Der Drachenkopf ist größer als ich. Wenn er sein Maul aufreißt, kann er mich mit einem Happs verschlingen. Er könnte mich natürlich auch in Stücke reißen. Er hat Zähne wie ein riesiges Krokodil. Damit ich besser schmecke, könnte er mich vorher mit seinem Feuerstrahl auch noch grillen.

Aber er ist ein verzauberter König. Und er weint.

Das also ist meine Aufgabe.

Ich muss nicht nur Ipalla finden und befreien. Ich muss den Drachen küssen.

Ich räuspere mich. Aber der Kloß in meinem Hals geht nicht weg.

Ich bringe jetzt eh keinen Ton heraus.

Ich hole tief Luft. Mache einen Schritt auf den Drachen zu. Noch einen. Und noch einen.

Dicht vor ihm bleibe ich stehen. Jetzt könnte er mich fressen. Oder grillen.

Er liegt ganz ruhig, hält sein Maul fest geschlossen und schaut mich an.

Ich schließe die Augen. Wenn ich sehe, wie Furcht erregend er aussieht, bringe ich es nicht fertig.

Noch einmal hole ich tief Luft. Dann beuge ich mich vor und küsse ihn auf seine linke Backe.

Es fühlt sich an, als würde man einen rauen Stein küssen.

Ein Beben geht durch den Kopf des Drachen.

Vorsichtig mache ich die Augen wieder auf.

Da sehe ich es: Er beginnt sich zu verwandeln. Es ist, als ob er auseinander fließt. Und sich neu zusammensetzt. Und dann liegt ein alter Mann mit grauen Haaren am Boden und weint. Seine Beine aber sind mit einer starken bronzenen Kette gefesselt, die um die Biegung des Ganges in die Höhle führt.

10

Ich habe es getan! Ich habe es tatsächlich getan! Ich ganz allein! Ich habe den Drachen geküsst. Neunmal. Jeden einzelnen Kopf.

Mit jedem Kuss wurde es leichter. Mit jedem Kuss wurde aus einem der Drachenkörper ein Mann. Zum Schluss waren es neun Männer, die an den Füßen mit einer bronzenen Kette aneinander geschmiedet waren. Die neun Könige von Atlantis.

Sie haben vor Freude geweint und mich immer wieder umarmt und sich bei mir bedankt und mir auf die Schulter geklopft und mich an sich gedrückt, dass ich fast keine Luft mehr bekommen habe.

Dann haben sie gemeinsam eine Tür in der Rückwand ihrer Höhle aufgebrochen. Dahinter war ein schwarzes kleines Loch. Als Erstes kam ein fürchterlicher Gestank heraus. Und als Zweites eine völlig abgezehrte und verdreckte Gestalt mit langen verfilzten Haaren und einem struppeligen Bart.

Ich hätte mir beinahe die Nase zugehalten. So hatte ich mir den Hohepriester von Atlantis jedenfalls nicht vorgestellt. So was von dreckig!

Inzwischen ist mir klar, dass er nichts dafür kann. Er hat

sich seit einem Jahr nicht waschen oder umziehen können und ein Klo hat er auch nicht gehabt, und nur ab und zu hat man ihm von einem kleinen Loch in der Decke seines Kerkers etwas zu essen und zu trinken herabgelassen.

Ipalla war sehr glücklich, als er die Könige und mich gesehen hat. Klar, das wäre jeder, der ein Jahr in so einem stinkenden Loch verbracht hat. Aber überrascht war er eigentlich nicht, und ich muss sagen, das fand ich etwas enttäuschend, denn ich hätte gedacht, er würde sich sehr wundern und es gar nicht fassen können, dass jemand den Drachen entzaubert und ihn befreit hat.

Ipalla hat sich mit der einen Hand die Augen abgeschirmt, weil ihn nach der Finsternis in seinem Kerker sogar das schwache Licht der Fackel blendete, und mit der anderen mir die Hand geschüttelt und dann hat er etwas sehr

Seltsames gesagt: »Ich wusste, dass du kommen würdest, der Junge aus einer anderen Welt, in der der Himmel keine Grenzen mehr hat und die Menschen keine Grenzen mehr kennen. Ich habe dich in den Sternen gesehen. Du also bist es, den die große Göttin auserwählt hat, die Treuen von Atlantis zu retten, alle die, die an den wahren Werten und der Ehrfurcht vor den Göttern festgehalten haben und die König Aldegros in dieses Bergwerk verbannt hat.«

Ich war ziemlich platt und wusste nicht so ganz, was ich darauf antworten sollte, und darum habe ich erst mal gesagt, dass ich schon Angst hatte, der König könnte ihn in irgendein ekliges Tier verzaubert haben.

Ipalla hat kurz gelacht, auf so eine trocken spöttische Art, und erklärt: »Oh, versucht hat der König das schon! Aber um einen Hohepriester zu verwandeln, der mit dem Schutze Poseidons gerüstet ist, bedarf es höherer Zauberkräfte, als sie Aldegros zu Gebote stehen! Die Mächte der Finsternis finden ihre Grenzen im unerschütterlichen Glauben. – Doch nun wollen wir nicht reden, sondern die Flucht vorbereiten! Kannst du die Gefangenen hierher führen, mein Junge?«

Ich habe ihm gesagt, dass das schlecht geht, weil die Aufseher es merken würden, und dass ich es erst mit Aoja und Marfen besprechen will. Er ist fast durchgedreht, als er gehört hat, dass Aoja auch hier unten gefangen ist und dass sie und Rhtih Sklaven von Krk waren. Fast musste ich grinsen, dass es doch etwas gibt, was der Hohepriester nicht wusste.

Einer der Könige hat dann gemeint, ich soll schnell wieder an meine Arbeit gehen und dem Aufseher sagen, dass ich ganz dringend mal gemusst habe und dass das leider etwas gedauert hat, damit nicht auffällt, was ich inzwischen getan habe, und den anderen Gefangenen soll ich erst dann Bescheid sagen, wenn die Aufseher für die Nacht das Bergwerk verlassen haben. Dann sollen wir alle zur Drachenhöhle kommen.

Ipalla wird uns den Geheimgang zeigen und uns in die Freiheit führen.

Hoffentlich sind die Fischer mit Rhtih noch in der verabredeten Meeresbucht und warten mit einem Schiff auf uns, damit wir von der Insel fliehen können! Wenn sie aufgegeben haben, auf uns zu warten, stecken wir ganz schön in der Klemme, denn morgen früh, sobald die Aufseher merken, dass wir geflohen sind, wird der König nach uns suchen lassen.

Aoja meint, darüber soll ich mir keine Gedanken machen. Seit sie weiß, dass ihr Vater lebt und uns aus dem Bergwerk führen wird, ist sie wie ausgewechselt. Mir kommt vor, als würde alles an ihr leuchten und strahlen. Besonders ihre Augen.

Ihr habe ich es gleich gesagt, nur ihr allein. Ich konnte doch nicht zulassen, dass sie auch nur einen Augenblick länger so verzweifelt war.

Aoja war ganz außer sich vor Glück, als sie es erfahren hat. Und dann hat sie mich –

Mir wird jetzt noch ganz heiß, wenn ich daran denke. Ich glaube, mein Kopf ist rot wie eine Tomate.

Einen Drachen zu küssen, das ist eine Sache, und ich will ja nicht behaupten, dass das so ganz ohne war. Aber von einem Mädchen geküsst zu werden! Das ist eine ganz andere Sache. Und das hat sie nämlich getan, Aoja. Richtig auf den Mund.

Natürlich habe ich sie nicht zurückgeküsst. Aber ich habe das Gefühl, ich spüre ihre Lippen immer noch.

»Kommst du, Kai?« Aoja nimmt meine Hand und lächelt mir zu.

Es ist Zeit. Die Aufseher und Wächter haben für die Nacht das Bergwerk verlassen. Die Gefangenen wissen Bescheid und haben sich inzwischen wieder so weit beruhigt, dass man vernünftig mit ihnen reden kann.

Wir schleichen durch die Gänge zur Drachenhöhle. Vorsichtshalber sind wir ganz leise, falls die Wächter die Falltür öffnen, um einen neuen Gefangenen ins Bergwerk zu bringen. Marfen hat eine Spitzhacke dabei. Es ist finster, aber der Mann, der als Erster geht, findet den Weg trotzdem, er ist schon seit sieben Jahren hier unten, er war ein Freund eines der neun Könige und damit einer der ersten Gefangenen im Bergwerk.

Wir kommen zur Höhle. Hier brennt eine Fackel. Ipalla und die neun Könige erwarten uns. Marfen fängt an, mit der Hacke ihre Ketten zu durchtrennen. Und Aoja feiert mit ihrem Vater Wiedersehen. Ich kann nicht hinschauen, ohne dabei Tränen in die Augen zu bekommen.

Ich muss sagen, ich bin mächtig stolz auf mich. James Bond hätte das nicht so hingekriegt wie ich. Vielleicht hätte er den Drachen getötet und Ipalla befreit. Aber den Drachen erlöst, das hätte er nicht.

Ipalla hebt die Arme. Alle werden still. Dann beginnt er zu sprechen: »Ihr Lieben, dies ist der Augenblick, den jeder Einzelne von uns mit jedem Atemzug herbeigesehnt hat, seit sich die Tore des Bergwerks hinter ihm geschlossen haben. Wir haben unsere Rettung der Güte des Gottes der Götter zu verdanken, der Hilfe einer barmherzigen

Göttin und dem Herzen eines tapferen Jungen. Das wollen wir nie vergessen.«

Alle murmeln Zustimmung, und die, die mir am nächsten stehen, drücken mir die Hände. Aoja lächelt mir zu. Ich werde schon wieder rot.

Ipalla fährt fort: »Doch dies ist auch der Augenblick, von dem die Prophezeiungen sprechen. Seit alters her wurde das Wissen um den Geheimgang, der aus diesem Bergwerk hinausführt, nur vom alten Hohenpriester an den neuen Hohepriester weitergegeben. Eines Tages, so hieß es, würde dieses geheime Wissen zur Rettung der Treuen von Atlantis dienen, an dem Tag, an dem Atlantis durch den Zorn des Gottes der Götter dem Untergang geweiht sei. So hat es mir mein Vorgänger im Amt offenbart, als er mich eingeweiht hat. Doch damals habe ich noch nicht geahnt, dass ich derjenige sein würde, der dieses Wissen braucht. Nun erfüllt sich die Prophezeiung. Aber das heißt auch: Nun wird die Königsinsel von Atlantis untergehen. Lasst uns fliehen! Es bleibt nicht viel Zeit!«

»Und was wird mit mir?«, frage ich schnell. »Haben Sie vielleicht auch in Ihren Sternen gesehen, wie ich wieder nach Hause komme?«

Ich glaube, er lächelt, so genau kann ich das nicht sehen, weil sein verfilzter Bart den Mund verdeckt. »Mach dir keine Sorgen«, sagt er, »deine Aufgabe ist erfüllt! Du wirst nach Hause zurückkehren. Der Schlund in deine Welt wird sich dir öffnen.«

So vieles würde ich gern noch fragen, wann es sein wird und wo, und ob es auch sicher ist, dass ich nicht in der falschen Zeit und am falschen Ort lande, im Mittelalter zum Beispiel auf einer Ritterburg oder irgendwo in der

Zukunft auf einem Raumschiff oder in der richtigen Zeit, aber mitten im Meer, aber ich komme nicht mehr zu Wort.

Marfen nimmt die Fackel, und Ipalla läuft vor uns her, dauernd biegen wir in immer neue Gänge ein, längst habe ich die Orientierung verloren. Dann bleibt Ipalla stehen, fährt mit der Hand über die Felswand, die hier auch nicht anders aussieht als überall, aber plötzlich dreht sich der Stein in einer unsichtbaren Angel und ein weiterer Gang tut sich auf.

Er ist so niedrig, dass die Erwachsenen kriechen müssen. Aoja und ich brauchen uns nur zu bücken. Hand in Hand zwängen wir uns vorwärts.

Der Gang scheint endlos zu sein. Schließlich kommen wir an eine Treppe, die an einer schweren Tür endet. Ipalla versucht ächzend einen Riegel zurückzuschieben, doch dieser rührt sich nicht. Da hilft Marfen mit der Spitzhacke nach.

Mit lautem Knarren lässt sich die Tür öffnen. Draußen ist klare Nacht. Der Vollmond taucht alles in silbriges Licht und die Sterne stehen hoch am Himmel. Die gleichen Sterne wie daheim.

11

Im Geheimgang hat sie meine Hand gehalten. Aber jetzt läuft sie die ganze Zeit neben ihrem Vater her und redet mit ihm. Soweit ich das im Dunkeln sehen kann, hat er den Arm um ihre Schulter gelegt und drückt sie immer wieder an sich.

Klar, die beiden haben sich viel zu erzählen. Schließlich haben sie sich ein ganzes Jahr nicht gesehen und Ipalla will natürlich wissen, wie es ihr und Rhtih ergangen ist und was in Atlantis in der Zwischenzeit geschehen ist, während er im Kerker saß und nichts mitbekommen hat.

Aber deswegen könnte sie sich trotzdem mal zu mir umdrehen. Nach all dem, was wir in den letzten Tagen miteinander erlebt haben! Und immerhin wäre ohne mich ihr Vater nach wie vor gefangen und sie eine Sklavin.

Erst küsst sie mich, und dann …

Na ja, ist mir doch gleich. Ich mache mir sowieso nichts aus Mädchen.

Trotzdem könnte sie ruhig mal dran denken, dass sich mir bald der Schlund in meine Welt öffnet und ich dann weg bin auf Nimmerwiedersehen. Oder hat sie das gar nicht kapiert?

Wir gehen auf einem schmalen Pfad durch Gestrüpp.

Marfen sagt, es ist nicht mehr weit bis zu der Bucht, in der sein Bruder mit den anderen Fischern und mit Rhtih auf uns wartet. Marfen führt uns. Ipalla und Aoja gehen dicht hinter ihm. Vielleicht reden sie ja von mir, und Aoja sagt ihrem Vater gerade, dass sie gar nicht fassen kann, wie ich mich trauen konnte, zu dem Drachen zu gehen, und was für ein Held ich bin und dass sie traurig ist, wenn ich nicht mehr da bin, und ihr Vater stimmt ihr zu und erklärt ihr dann, dass ich aber in meine eigene Zeit zurückkehren muss, weil sonst meine Familie ganz unglücklich ist, und Aoja weint und sagt, dass sie mich nie vergessen wird.

Ich drängle mich an den neun Königen vorbei. Die dornigen Sträucher zerkratzen meine Beine. Jetzt bin ich dicht hinter den beiden und kann hören, was sie sprechen.

Aoja erzählt ihrem Vater von Krk.

Es geht jetzt steil bergab in eine Bucht. Unter uns liegt das Meer. Das Mondlicht glitzert auf dem dunklen Wasser.

Letztes Jahr im Urlaub auf Teneriffa haben wir in einem Hotel direkt am Meer gewohnt. Da hat Claudia mich einmal mitten in der Nacht geweckt. Wir haben uns aus dem Hotel geschlichen und sind an den Strand gegangen. Dort haben wir uns hingesetzt und gemeinsam aufs Meer geschaut. Der Mond hat geschienen und die Sterne waren ganz nah und auf dem Wasser hat es geglitzert, so wie jetzt. Es war richtig feierlich.

Das möchte ich noch einmal erleben, mit Claudia.

Leider hat Mama in der Nacht gemerkt, dass wir nicht da waren, und hat sich aufgeregt und Papa geweckt, und als Papa uns am Strand gefunden hat, hat er uns ganz schön ausgeschimpft, weil man das nicht macht, ohne ein

Wort nachts abzuhauen, und weil wir ihnen damit einen solchen Schrecken eingejagt haben, aber Claudia hat sich für uns beide entschuldigt und ihm erklärt, das war ihre Idee und ich kann nichts dafür.

Na ja, beim nächsten Mal können wir es ja vorher unseren Eltern sagen. Bestimmt erlauben sie es. Schließlich bin ich kein kleiner Junge mehr. Ich habe einen Drachen verwandelt und neun Könige und einen Hohepriester und viele Gefangene aus einem Bergwerk befreit, auch ein Mädchen, das –

»Marfen! Poseidon sei Dank!« Wie aus dem Boden gewachsen stehen plötzlich drei Männer vor uns, der eine von ihnen umarmt Marfen, die beiden anderen verbeugen sich vor Ipalla und kriegen sich gar nicht mehr ein, als sie im Mondlicht endlich die neun Könige erkennen, und dann ist auch Rhtih da und fällt seinem Vater um den Hals und alle reden und lachen und weinen durcheinander.

»Bedankt euch bei Kai! Ohne ihn wären wir nicht hier. Kai ist der beste Freund, den man sich vorstellen kann! Kai hat den Drachen erlöst und Vater und uns alle befreit!«, ruft Aoja Rhtih und den Fischern zu und jetzt umringen sie mich und klopfen mir auf die Schulter, lassen mich hochleben und werfen mich in die Luft.

Ein tolles Gefühl ist das, so in den Himmel zu fliegen und von vielen Händen wieder aufgefangen zu werden und noch einmal in den Himmel zu fliegen. Beim ersten Mal schaue ich nur in die Sterne, aber beim zweiten Mal schaue ich über die Bucht und da sehe ich einen Menschen, er steht auf der Klippe, die zur Stadt hin die Bucht umgrenzt, als dunkle Silhouette zeichnet sich seine Gestalt gegen den Nachthimmel ab. Ich glaube, er schaut zu uns her.

»Lasst mich runter!«, schrei ich. »Da beobachtet uns einer!«

Die anderen drehen sich um und sehen ihn auch, für einen kurzen Augenblick. Dann ist er verschwunden.

»Ein Wächter!«, stößt Marfens Bruder hervor. »Wir sind entdeckt!«

»Schnell! Fünf Männer ihm nach! Holt ihn ein. Verhindert, dass er die Hafenwachen weckt!«, befiehlt einer der Könige. »Die anderen zum Schiff! Macht es bereit zum Auslaufen!«

Alles stürmt los. Ich werde mitgerissen. Neben mir rennen Aoja und Rhtih.

Das darf nicht sein. So kurz vor dem Ziel darf nicht noch alles schief gehen!

Wir klettern über schroffe Felsen, endlich erreichen wir die Höhle am Meer, sehen das Schiff, das in ihr vertäut ist, steigen hinunter, steigen ins Wasser, schwimmen zum Schiff. In fieberhafter Eile holen die Fischer die Taue ein, ziehen die Segel auf. Jeder greift sich ein Ruder, sie reichen nicht für alle, ich teile mir eines mit Aoja.

Es dauert furchtbar lange, bis sich das Schiff endlich in Bewegung setzt und langsam aus der Höhle steuert. Draußen auf einer Klippe stehen fünf Männer und schreien uns zu. Es sind die, welche die Verfolgung des Mannes aufgenommen hatten. Sie springen in die Wellen und werden an Bord geholt. Außer Atem erzählen sie, dass sie den Wachmann nicht einholen konnten.

Endlich erreichen wir das offene Meer und nehmen Fahrt auf. Da ertönt in der Ferne ein unheimliches Tuten.

»Die Hörner der Hafenwache!«, sagt einer der Könige. »Unsere Flucht ist entdeckt. Nun wird Aldegros uns verfolgen lassen. Mögen die Götter geben, dass unser Vorsprung ausreicht!«

Wir rudern aus Leibeskräften. Der Wind pfeift uns um die Ohren.

Aoja flüstert mir zu: »Kai, falls ich es dir nicht mehr sagen kann – ich bin froh, dass ich dich getroffen habe. Ich meine, nicht nur, weil du den Drachen erlöst hast und uns befreit. Sondern überhaupt.«

Ich muss erst mal schlucken, ehe ich einen Ton herausbekomme. Doch dann weiß ich nicht, was ich antworten soll, und sage nur: »Ich bin auch froh, dass ich dich getroffen habe!«

Eine junge Frau ist auf den Mast geklettert und hält Ausschau. »Ich sehe Lichter im Hafen!«, ruft sie. »Sie machen ein Schiff startklar!«

Einige beginnen zu jammern. »Fürchtet euch nicht!«, ruft Ipalla. »Glaubt!« Er steht vorne im Bug, hebt die Arme und beginnt laut zu beten.

In diesem Augenblick braust ein gewaltiger Windstoß über das Wasser und bläht unsere Segel. Das Schiff schießt dahin.

Die Fischer brüllen, wir sollen die Ruder einholen, und setzen die Segel anders. Die Fahrt wird noch schneller. Als würden wir fliegen.

»Die Götter haben unsere Rettung beschlossen! Sie steht ebenso in den Sternen wie der Untergang der Insel. Also habt Vertrauen!«, verkündet Ipalla.

Ich schaue zu den Sternen hinauf.

Ich war mal im Planetarium, da haben sie uns viel über

die Sterne erzählt, aber dass man die Zukunft in ihnen sehen kann, davon haben die dort kein Wort gesagt.

Was mich betrifft, so hoffe ich doch, dass alles stimmt, was Ipalla gesehen hat. Ich meine, nicht nur das mit dem Untergang von Atlantis, das stimmt sowieso, sondern auch das andere. Dass die Treuen von Atlantis gerettet werden. Dass König Aldegros uns mit dem Schiff nicht einholt, das jetzt wahrscheinlich schon hinter uns herjagt. Vor allem aber die Sache mit dem Schlund, der mich nach Hause bringt. Obwohl ich eigentlich nicht an die Sterne glaube, in unserer Zeit.

In unserer Zeit gibt es ja auch keine Drachen und keine bösen Zauberer. Zum Glück.

Aber auch keine Aoja. Leider.

»Kai?«, fragt Aoja. »Mein Vater hat mir gesagt, du kommst aus einer anderen Welt und du kannst nicht bei uns bleiben. Weil deine Welt und die unsere nicht zusammengehören. In dir haben sie sich kurz berührt, hat er gesagt, und nun werden sie sich für alle Zeiten wieder trennen. Was hat er damit gemeint? Gehörst du wirklich nicht zu uns? Und musst du wirklich wieder zurück in deine Welt?«

»Na ja«, sage ich, »schon. Ich komme jedenfalls aus einer anderen Zeit, und dahin möchte ich nämlich auch wieder. Weil ich dort daheim bin.«

»Dann müssen wir also bald Abschied nehmen«, meint sie leise. Ich weiß nicht, ob ich es mir einbilde, aber ich glaube, ihre Stimme zittert ein bisschen.

»Ja, bald«, antworte ich. Und meine Stimme zittert auch, mehr als ein bisschen. Damit sie es nicht merkt, fange ich schnell an zu erzählen, von Autobahnbrücken und Flugzeugen und Fernsehern und von dem Computerspiel, mit dem alles anfing. »Nur die Sterne sind in meiner Zeit noch die gleichen wie in deiner«, sage ich. »Und wenn ich dann daheim bin und wir sie beide anschauen, dann können wir aneinander denken. Dann treffen wir uns, da oben in den Sternen. Nur wenn du willst, natürlich.«

»Und ob ich will«, sagt Aoja.

Wir schauen zum Himmel. Da merke ich, dass es heller geworden ist. Dass man keine Sterne mehr sieht. Sondern ein ganz seltsames gelbviolettes Licht.

»Da!«, schreit die Frau vom Mast herunter. »Ihr allmächtigen Götter! Wir sind verloren!« Sie zeigt zur Insel zurück und schreit. Schreit und schreit.

Ich dreh mich zur Insel zurück. Und da schreie ich auch.

Ein Wirbelsturm. Wie eine schmale rasende Spirale aus Wind und leuchtendem Wasser jagt er hinter uns her über das Meer und kommt näher und näher, genau auf uns zu.

Aoja klammert sich an meinen Arm. Ihre Fingernägel graben sich in meine Haut. »Der König!«, stößt sie hervor. »Er will uns mit einem Windzauber vernichten!«

O mein Gott! Und ich habe mich darüber lustig gemacht, als ich gehört habe, dass der König von Atlantis die Winde beherrscht!

Inzwischen schreien alle durcheinander: »Ein Zauber – der Wirbelsturm – König Aldegros – wir werden ertrinken – Hilfe –«

Ich habe im Fernsehen in den Nachrichten Bilder von einem Tornado gesehen und von Häusern, über die er hinweggefegt ist. Dort stand nichts mehr, nur Schutt und Trümmerhaufen.

Und wir – auf dem Wasser – im Meer –

Da höre ich eine Stimme, lauter als alle. Und sehr zornig: »Auf die Knie, ihr Kleinmütigen! Zweifelt ihr so an der Macht der himmlischen Götter?! Betet mit mir!«

Ipalla.

Wir knien nieder. Keiner schreit mehr. Man hört nur ein unheimliches Brausen, das immer lauter wird. Und Ipallas Stimme: »Gott der Götter, wir rufen dich an! Bau einen Schutzwall um uns, nur du kannst uns helfen! Gewaltig sind die Mächte der Finsternis, über die König Aldegros gebietet. Doch gewaltiger als jeder Zauber ist deine Macht, du unser großer Gott. Rette uns, Herr!«

Der Wirbelsturm ist höchstens noch fünfhundert Meter von uns entfernt. Und noch immer zielt er genau auf unser Schiff.

Aber da, plötzlich –

Der Tornado dreht ab, ändert seine Richtung, schlägt einen Bogen um unser Schiff, rast an uns vorbei!

Eine Welle erfasst unser Schiff, wir werden in die Höhe gehoben, schießen in die Tiefe, ich rutsche über Deck, Aoja hält sich an mir fest, ich halte sie, wir werden gegen die Reling geschleudert, klammern uns daran fest, steigen und fallen, steigen und fallen –

Dann ist es vorbei.

Langsam beruhigt sich das Schiff wieder. Aber ich halte mich noch immer an der Reling fest. Und an Aoja. Und sie an mir. Ihre Haare berühren meine Wange.

Beide gleichzeitig lassen wir einander los.

»Schaut euch das an!«, sagt Rhtih und rappelt sich dicht neben uns in die Höhe. Mit dem Kopf deutet er zum Festland. Dort rast der Wirbelsturm die Küste entlang und knickt alle Bäume um, die in seiner Bahn stehen.

»Die Zauberkraft des Königs ist besiegt! Der Gott der Götter hat uns gerettet vor den Mächten der Finsternis!«, ruft Ipalla. »Lasst uns ihm danken!«

Das tun wir. Und wie wir das tun.

Heimlich schaue ich immer wieder zu Ipalla. Er hat sich inzwischen die Augen verbunden, weil es langsam Tag wird und seine Augen das Licht noch nicht wieder gewöhnt sind. Ich muss schon sagen, obwohl er so dreckig und zerzaust ist, imponiert er mir gewaltig. So die Nerven zu behalten wie der …

»An die Ruder!«, ruft einer der Fischer. Die Segel sind alle zerfetzt, einer der Masten geknickt. Aber niemand ist über Bord gefallen. Wir lassen die Ruder wieder ins Wasser. Zum Glück ist es nicht mehr weit bis zum Festland.

Rhtih hat den Platz neben Aoja eingenommen und rudert gemeinsam mit ihr. Also gehe ich eben zu Marfen und helfe ihm. »Na, du«, meint Marfen und wuschelt mir kurz durch die Haare, ehe er mit beiden Händen das Ruder fasst.

Die Fischer ankern in einer Bucht, in der der Tornado nicht gewütet hat. Die letzten Meter zum Ufer müssen wir schwimmen. Am Strand warte ich auf Aoja. Rhtih führt seinen Vater, der ja nichts mehr sehen kann.

Einer der Könige ruft, wir sollen uns beeilen und rasch den steilen Berg hinaufsteigen. So schnell wir können, laufen wir bergan, kommen außer Atem, keuchen nur noch. Das Licht wird immer seltsamer. Irgendwie beängstigend. Ich glaube, die Tiere fürchten sich auch. Kein Vogel singt. Keine Mücke sirrt. Schlagartig hat sich der Wind gelegt. Die Luft steht reglos. Es ist unglaublich still.

»Sieh mal!«, sagt Aoja leise und legt mir die Hand auf

den Arm. Ich drehe mich um. Sie zeigt zum Meer hinunter. In der Ferne erkenne ich die Königsinsel Basileia. Wie eine schwimmende Seerose liegt sie im Meer. Und dann sehe ich noch etwas. Dunkle Segel. Ein Schiff auf halbem Weg zwischen der Insel und unserer Küste.

König Aldegros mit seinen Kriegern.

Und wir haben keine einzige Waffe.

»Komm! Wir müssen weiter!« Aoja nimmt meine Hand. Wie im Bergwerk. Da plötzlich schlingert die Erde unter unseren Füßen. Es ist ein Gefühl, als wären wir noch während des Tornados auf dem Schiff, und ich weiß gar nicht, was los ist, nur dass sich Aoja schon wieder an mir festhält und ich mich an ihr, das weiß ich. Ihr Kopf ist ganz dicht an meinem.

Wenn sie mir noch einmal einen Kuss geben würde, würde ich ihr auch einen geben. Glaube ich wenigstens. Tim sieht es ja nicht.

Das Schlingern hört auf, endlich kapiere ich, dass das ein Erdbeben war, und einen Kuss haben wir uns nicht gegeben.

Nebeneinander steigen wir bergan. Ich könnte immer so weitergehen. Und wenn noch einmal ein Erdbeben kommen würde, sodass wir uns wieder aneinander festhalten müssten, da hätte ich auch nichts dagegen.

»Noch ein paar Meter!«, ruft Marfen. »Beeilt euch! Hier ist eine Höhle. Ipalla sagt, hier sind wir in Sicherheit!«

Warum wir in einer Höhle in Sicherheit vor den Kriegern von Atlantis sind, weiß ich nicht. Wir haben jede Menge Fußspuren hinterlassen. Und wenn das Erdbeben wiederkommt – Papa hat mir erklärt, dass man bei Erdbeben auf dem freien Feld am sichersten ist, weil einem da wenigstens nichts auf den Kopf fallen kann. Aber wenn Ipalla sagt, wir sollen in die Höhle gehen, dann stimmt es, dann weiß er eben, dass das Erdbeben nicht wiederkommt und die Höhle nicht einstürzt und die Krieger uns dort nicht finden.

Im Eingang der Höhle sehe ich noch einmal zum Meer hinunter. Das Licht ist noch unwirklicher geworden. Das Schiff ist näher gekommen. Dunkel schaukelt es auf hohen glühenden Wellen. Da plötzlich höre ich ein gewaltiges Dröhnen. Als würden mindestens zwölf oder noch viel mehr Düsenjäger gleichzeitig im Tiefflug auf uns zudonnern. Ich zucke richtig zusammen, und unwillkürlich ducke ich mich. Dann fällt mir ein, dass es in Atlantis ja gar keine Düsenjäger geben kann. Ich schaue wieder zum Horizont, und da erhebt sich eine gewaltige silbrige Wand über die ganze Meeresbreite und rollt in Windeseile über das Wasser, nähert sich der Insel –

O mein Gott! Was für eine Flutwelle!

Gleich ist es so weit. Gleich geht Atlantis unter. Und das Schiff, mit dem König Aldegros uns verfolgt.

Eine Hand legt sich über meine Augen. »Seht nicht hin!«, höre ich Marfen sagen. »Geht in die Höhle! Jeden Augenblick wird ein gewaltiger Sturm losbrechen und jeden mitnehmen, der sich im Freien aufhält.«

Ich spüre, wie er mich an den Schultern umdreht und ein Stück voranschiebt, ehe er mich wieder freigibt. Ich bin in einer Höhle unter all den Menschen. Draußen brüllt der Sturm. Hier drinnen aber ist es windgeschützt. Ein paar Leute haben auf dem Weg zur Höhle Holz gesammelt, jemand macht ein Feuer, Kienspäne werden als Fackeln in die Felswand gesteckt. Trotzdem ist es ziemlich dunkel. Ich suche Aoja.

Da sehe ich Bastet.

Auf einem Felsvorsprung sitzt sie vor einer Nische, direkt neben einer leuchtenden Fackel, und sieht mich unbewegt an.

»Bastet!«, rufe ich und laufe zu ihr. »Wo warst du die ganze Zeit?«

Reglos wartet sie auf mich. Doch als ich bei ihr bin und sie in die Arme nehmen will, steht sie auf, dreht sich um und geht tiefer in die Nische hinein. Ich klettere den Felsvorsprung hinauf. Die Nische ist in Wahrheit ein kleiner, enger Gang. Bastet geht immer tiefer hinein.

»Warte doch!«, rufe ich.

Sie wendet den Kopf nach mir, lässt mich nahe an sich herankommen, doch dann verschwindet sie im Dunkel. Ich folge ihr.

Ich ducke mich und zwänge mich voran. Der Gang wird noch niedriger und biegt um eine Kurve. Jetzt ist es ganz finster. Ich sollte umkehren. Aoja wird mich suchen. Ich will umkehren. Aber irgendetwas zwingt mich weiterzugehen.

Ich taste mich vorwärts. Rechts und links und über mir kalter, feuchter Fels. »Bastet!«, rufe ich. Aus der Tiefe höre ich das Echo meiner eigenen Stimme.

Warum klang es eigentlich, als käme das Echo von unten?

Da, ein Maunzen, dicht vor mir. Bastet. Oder ist es gar nicht Bastet? Ist es Felix?

Ich mache einen Schritt vorwärts, strecke die Hände aus.

Plötzlich trete ich ins Leere. Da ist kein Boden mehr unter meinen Füßen.

Da ist einfach nichts.

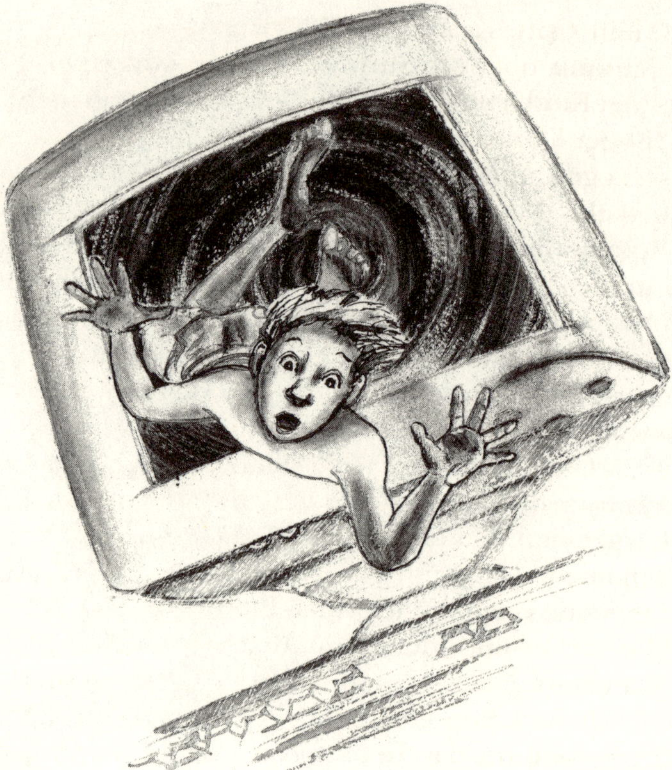

Ich falle.

Ich falle und schreie und falle und schreie und falle …

Mama verbindet mein blutendes Knie und tröstet mich – Claudia liest mir vor – Papa baut mit mir mein Baumhaus – Claudia spielt mit mir Monopoly *– Felix tritt sich eine Kuhle in meinen Bauch – Papa rettet mich vom Kirschbaum – Thorsten motzt, weil ich seinen Computer zum Abstürzen gebracht habe – Claudia kriegt keine Luft mehr – Papa schimpft ganz furchtbar – der Junge wartet vor der Musikschule – der Drache brüllt –*

Ich schreie.

»Mein Gott, Kai, schrei doch nicht so!« Mama ist da, streicht mir über die Stirn und nimmt mich in die Arme. »Ruhig, Kind, ruhig, ist ja gut. Liegt der kranke Junge am Fußboden! Und warum um alles in der Welt hast du dich ausgezogen und dir irgendein Handtuch um den Bauch gewickelt?! Na, wenigstens hast du Thorstens Zudecke genommen. Aber du solltest doch im Bett bleiben und nicht Computer spielen! Kein Wunder, dass dein Fieber gestiegen ist. Steh auf, komm, stütz dich auf mich, ich bring dich in dein Bett!«

Ich schau mich um und kann es nicht fassen. Ich bin in Thorstens Zimmer auf dem Fußboden gelandet, genau vor seinem Computer!

Eben noch war ich in Atlantis und bin in ein finsteres Loch gefallen und habe gedacht, alles ist aus, und nun bin ich daheim.

Der enge Gang, in den mich Bastet gelockt hat –

Das war er also, der Schlund in meine Welt, von dem Ipalla geredet hat.

»Ich habe schon geahnt, dass etwas nicht stimmt«, sagt Mama, »weil du das Telefon nicht abgehoben hast, und dabei habe ich mindestens fünfmal versucht dich anzurufen. Da habe ich mittags Schluss gemacht und mir einen halben Gleittag genommen. Komm, Kai, ich helfe dir, deinen Schlafanzug anzuziehen, dann rufe ich den Doktor an. Du hast eine ordentliche Grippe. Bei diesem nasskalten Wetter muss man vorsichtig sein. Wo hast du dich nur wieder rumgetrieben!«

»In Atlantis«, sage ich und dann sage ich nichts mehr. Bin nur noch froh, dass ich in meinem Bett liege. Und dass keine Flutwelle kommt. Und dass Mama da ist.

12

Mein Fieber ist nicht mehr ganz so hoch. Aber mir ist noch so weich und ein bisschen schummerig. Irgendwie ist das sogar ganz schön. Als würde man auf einer Schaukel durch die Luft fliegen.

Am schönsten ist, dass Mama bei mir zu Hause geblieben ist und mir ein Bett auf dem Sofa im Wohnzimmer gemacht hat und dass sie mich bedient und sich richtig um mich sorgt.

Dauernd fragt sie mich, ob ich etwas essen oder trinken will und ob ich auch bequem liege und ob sie mir etwas vorlesen soll.

Jetzt ist sie in der Küche und macht mir als Abendessen einen geriebenen Apfel mit Bananenbrei und Honig, das macht sie immer, wenn ich krank bin.

Das ist fast wie im Palast in Atlantis.

Nein, es ist besser, weil es Mama ist und weil ich wieder zu Hause bin.

Papa ist mit Thorsten und Claudia nach Nürnberg gefahren. Wahrscheinlich kaufen sie dort eine Menge ein.

Sollen sie ruhig.

Thorsten hat gestern natürlich gemerkt, dass ich an seinem Computer war, weil der noch lief, als er nach Hause kam. Er hat sich aufgeregt, aber nicht so sehr. »Dein Glück, dass du nicht mein neues Spiel ausprobiert hast, da hättest du was erleben können«, hat er gesagt. »Und mit dem Spiel über den Schatz von Atlantis bist du ja auch nicht grad weit gekommen!«

»Ich war dort, in Atlantis«, habe ich gesagt, aber er hat so verächtlich gegrinst, wie große Brüder eben grinsen, und gemeint, ich würde bloß angeben, er hat doch am Bildschirm gesehen, dass ich schon am Anfang stecken geblieben bin.

»Es stimmt aber, dass ich dort war«, habe ich gesagt und er hat noch mehr gegrinst und gefragt: »Ach ja? Wo liegt es denn?«

Und da ist mir eingefallen, dass ich das nicht weiß.

So lange bin ich dort gewesen in Atlantis, ich könnte aufmalen, wie der Palast ausgesehen hat und wie der Hafen und die Stadt, aber wo es gelegen hat, das weiß ich nicht.

Also werde ich den Schatz von Atlantis doch nicht finden.

Ich glaube, ich will es auch gar nicht. Weil der Schatz dem König von Atlantis nur Unglück gebracht hat, sodass er immer mehr Reichtümer wollte und nicht mehr auf Ipalla gehört hat und die Säule mit den Gesetzen ins Meer geworfen hat. Und weil da unten vielleicht noch die Knochen liegen von Krk und König Aldegros und von den Wächtern und von all den anderen Leuten, die mit Atlantis untergegangen sind.

Bin ich froh, dass ich wenigstens Marfen und Ipalla und die neun Könige und die Treuen von Atlantis gerettet habe.

Und Rhtih. Und vor allem Aoja.

Ich schaue zum Fenster. Der Rollladen ist heruntergelassen.

Ich knie mich auf das Sofa und fange an ihn hochzuziehen. Die Arme tun mir weh und die Schultern. Die Beine sowieso. Ich habe bestimmt Muskelkater vom Steineschaufeln und Korbschleppen im Bergwerk.

Draußen ist es dunkel. Aber das Wohnzimmerlicht spiegelt sich in der Fensterscheibe. Ich stehe auf und muss mich schnell an einer Sessellehne festhalten, weil mir ganz schwindlig wird und schwarz vor den Augen. Aber dann geht es wieder und ich mache das Licht aus und das Fenster auf.

Draußen ist es kalt. Und dunkel. Nur aus der Küche fällt Licht in den Garten. Ich sehe die Bäume und das Nachbarhaus.

Und dann sehe ich die Sterne.

Je länger ich schaue, desto heller werden sie.

Wenn jetzt Aoja vor der Höhle steht und zum Meer schaut, in dem keine Königsinsel mehr wie eine Seerose im Wasser schwimmt und kein Schiff die Treuen von Atlantis verfolgt, und wenn sie dann ein bisschen höher schaut, zu den Sternen, und an mich denkt, genauso fest wie ich an sie –

Aber sie ist ja schon tot, seit vielen tausend Jahren. Bestimmt ist sie als ganz alte Frau gestorben, mit zehn Kindern und hundert Enkeln und tausend Urenkeln. Und bevor sie gestorben ist, hat sie allen Kindern und Enkeln und Urenkeln noch einmal erzählt, wie in ihrer Kindheit ein Junge aus der Zukunft gekommen ist und mit ihr durch den Kanal geschwommen ist, um ihren Vater zu befreien, und wie sie gemeinsam im Bergwerk gefangen waren und sie beinahe an den Drachen verfüttert worden wäre, aber wie der Junge den Drachen erlöst hat und damit sie und ihren Vater und alle anderen befreit und vor dem Untergang gerettet hat. Vielleicht hat sie als Letztes gesagt: Kai hat er geheißen und ich habe ihn nie vergessen. Und dann ist sie gestorben.

Ich muss mir die Nase putzen.

Vielleicht ist Aoja aber auch Hohepriesterin geworden und hat von ihrem Vater gelernt, in den Sternen zu lesen, und hat mich gesehen, wie ich hier am Fenster stehe und –

»Kai! Was machst du mit deiner Grippe am offenen Fenster! Bist du von allen guten Geistern verlassen!« Mama ist hereingekommen und macht das Licht an und das Fenster zu und bugsiert mich zurück auf das Sofa und zieht mir die Decke bis zum Kinn. »Stellt sich der Junge in diese Kälte!«, schimpft sie dabei vor sich hin. »Als ob du nicht schon krank genug wärst! Willst du dir auch noch eine Lungenentzündung holen?«

Ich niese. Einmal und noch mal und noch mal. »Ich musste nur nach den Sternen schauen«, sage ich. »Das habe ich doch Aoja versprochen.«

»Welcher Aoja?«

»Die kennst du nicht. Die ist aus Atlantis. Als ich bei Krk gefangen war, hat sie mir geholfen und mir Hirsebrei gekocht. Und wir sind zusammen in den Palast geschwommen, um ihren Vater zu retten, und waren gemeinsam als Sklaven im Bergwerk.«

Mama schüttelt den Kopf und schaut ganz besorgt. »Aber Kai, das mit Atlantis war doch nur ein Computerspiel! Was du da erzählst – das sind alles Fieberträume.«

Fieberträume?!

Mama hat ja keine Ahnung. Aber na ja, wenn ich es nicht

selbst erlebt hätte, würde ich es wahrscheinlich auch nicht glauben. Das mit dem Drachen habe ich ja auch erst geglaubt, als ich ihn wirklich gesehen habe.

»Außerdem habe ich Krk beigebracht, wie man Waffen aus Eisen schmiedet, weil Eisen sich nicht gießen lässt«, erkläre ich ihr.

»Natürlich lässt sich Eisen gießen, schließlich gibt es Gusseisen, nur früher konnten das die Leute nicht!«, widerspricht Mama.

Das haut mich nun doch um. »Bist du sicher? Wie kriegt man Eisen flüssig?«

Sie zuckt die Achseln. »Frag deinen Vater! Soll der dir erklären, wie das geht!«

»Puh!«, stöhne ich. »Wenn das der König von Atlantis gewusst hätte!«

»Also Kai«, sagt Mama, »langsam wird das mit Atlantis zur fixen Idee von dir! Atlantis gibt es doch gar nicht!«

»Gibt es wohl«, widerspreche ich. »Das heißt, es hat es gegeben. Inzwischen ist es ja untergegangen.«

Mama schüttelt den Kopf. »Ich glaube, die Geschichte vom Untergang von Atlantis ist nur eine uralte Sage. So etwas wie ein Märchen.«

»Gleich behauptest du auch noch, es gibt auch keine Drachen und bösen Zauberer, die Menschen in Tiere verwandeln können!«, sage ich.

Sie schaut mich ziemlich blöd an.

Ich streife die Hosenbeine meines Schlafanzuges hoch und lege meine Beine auf das Federbett. »Hier, siehst du die Kratzer?«

Mama nickt, leicht verwirrt. »Wo hast du dir die denn zugezogen?«, fragt sie.

»In Atlantis«, sage ich. »Als Ipalla uns aus dem Bergwerk geführt hat und wir durch die Dornen zum Meer gerannt sind. Glaubst du mir jetzt?«

Mama sagt nichts mehr. Sie fasst nur meine Beine an, murmelt: »Viel zu heiß«, holt eine Schüssel mit Wasser und Handtücher und verpasst mir Wadenwickel. Das ist ganz angenehm und ich lasse sie machen.

Schade, dass die Kratzer nicht tiefer sind. In ein paar Tagen wird man nichts mehr davon sehen. Ich würde gern eine Narbe behalten, als Erinnerung. An Aoja. Aber auch ohne Narbe werde ich mich an sie erinnern, immer. Und daran, dass ich den Drachen geküsst habe.

Mama meint: »Wenn dich das mit Atlantis so beschäftigt, dann schau ich mal im Lexikon nach! Vielleicht steht da was drin.«

Mama schaut immer alles, was sie nicht weiß und wissen will, im Lexikon nach.

Sie holt den zweiten Band, den von APU bis BEC. »Hier steht tatsächlich etwas«, sagt sie, »Atlantis: sagenhafter Inselstaat«, und eine Weile liest sie. Dann erklärt sie: »Hier heißt es, dass die Frage völlig offen ist, ob Atlantis je existiert hat. Die meisten Wissenschaftler sind der Meinung, dass sich ein griechischer Philosoph das alles nur ausgedacht hat, um seinen Zeitgenossen einen Idealstaat zu schildern.«

Wissenschaftler! Was wissen die schon! Die waren nicht dort.

»Atlantis soll nach einem Erdbeben im Meer versunken sein«, gibt Mama wieder, was sie im Lexikon gelesen hat, »und diese Katastrophe soll die Strafe der Götter für den moralisch-sittlichen Verfall der Atlanter gewesen sein, so schreibt es jedenfalls dieser Philosoph, von dem der einzige Bericht über Atlantis stammt.«

»Platon«, sage ich. »Aber er hat es sich nicht nur ausgedacht, es ist alles so gewesen«, füge ich hinzu und muss schon wieder husten.

Vielleicht war Platon in Atlantis, ach nein, der hat ja nur aufgeschrieben, was die ägyptischen Priester erzählt haben. Dann war eben ein ägyptischer Priester in Atlantis. Vielleicht hat er auch Ipalla getroffen und deswegen wusste er das von dem moralisch-sinnlichen Verfall, oder wie das hieß, und von dem Untergang.

Ha!, aber den Drachen hat er nicht geküsst und Ipalla und Aoja und die anderen hat er nicht befreit, dafür musste erst ich kommen …

»Na ja«, meint Mama, als ich endlich ausgehustet habe, »ich will nicht mit dir streiten. Hier steht jedenfalls, dass die meisten Theorien darüber, wo Atlantis angeblich gelegen hat, inzwischen widerlegt sind. Nichts Genaues weiß man nicht.«

»Ich schon«, sage ich und muss noch mehr husten und nach Luft japsen. »Ich war schließlich dort. Ich habe den König gesehen und mit dem Drachen geredet und ihn geküsst. Ohne mich wäre Aoja mit Atlantis untergegangen.«

Mama beugt sich über mich und fühlt mit den Lippen, ob meine Stirn heiß ist. »Armer Kleiner!«, murmelt sie und streichelt meine Backe. »Hier, nimm die Tablette! Und jetzt schlaf! Du brauchst noch viel Ruhe.«

Ich bin wirklich müde. Ich mache die Augen zu. Und da sehe ich wieder Atlantis vor mir. Mit seiner Stadt und seinen Kanälen und seinem Palast. Und Krks Werkstatt. Und

Aoja, wie sie vor dem Ofen kniet und sich mit rußigen Händen den Schweiß aus der Stirn wischt und ihr Gesicht ganz schwarz wird –

Beinahe wäre ich eingeschlafen. Aber dann muss ich über die Zeit nachdenken, und davon werde ich wieder wach.

Ich komm einfach nicht klar damit. Gestern war ich mit Aoja in der Höhle, als die Flutwelle kam. Und heute habe ich die Sterne angesehen. Und wenn Aoja einen Tag, nachdem Atlantis untergegangen ist, die Sterne angesehen hat, dann war das doch gleichzeitig. Und trotzdem liegen tausende von Jahren dazwischen.

Waren es dann überhaupt die gleichen Sterne? Es gibt Sterne, die liegen so weit weg, dass das Licht viele tausend Jahre braucht, bis es bei der Erde ist. Das soll sich mal einer vorstellen: Da sieht man etwas, was es schon lang nicht mehr gibt.

Und wie alt bin ich eigentlich? Ich war doch viele Tage in Atlantis. Ich glaube, es war länger als ein Monat. Ungefähr so lang wie die großen Ferien.

Und hier sind inzwischen nur ein paar Stunden vergangen, denn als ich aufgewacht bin auf dem Fußboden in Thorstens Zimmer, da war gerade erst Freitagmittag. Bin ich jetzt so alt, wie ich wäre, wenn ich die ganze Zeit hier geblieben wäre?

Oder zählt die Zeit in Atlantis mit?

Claudia hat mir mal ein Märchen vorgelesen von einem Jungen, der in einen Berg hineingeht und eine Nacht dort drinnen in einer anderen Welt verbringt, und als er wieder herauskommt, sind hundert Jahre vergangen und seine Eltern und Geschwister sind schon lange tot.

Bin ich froh, dass es bei mir umgekehrt war.

In einer anderen Welt –

Das ist es! Die ganze Zeit habe ich gedacht, ich habe eine Zeitreise gemacht, ich bin rückwärts in die Vergangenheit. Aber so war es nicht, denn auch in der Vergangenheit hat es bestimmt keine Drachen gegeben und keine sprechenden Katzen. Ich war in einer anderen Welt. So hat es ja auch Ipalla gesagt. Er hat nicht gesagt, ich bin der Junge aus der Zukunft. Er hat gesagt, ich bin der Junge aus einer anderen Welt. Einer Welt, in der der Himmel keine Grenzen mehr kennt, oder so ähnlich. Einer Welt, die sich mit der Welt von Atlantis nur kurz berührt hat, durch mich.

Wenn es eine andere Welt war, so wie im Märchen, dann ist die ja vielleicht irgendwie gleichzeitig, ich meine, ob-

wohl sie in der Vergangenheit war, und dann spielt es keine Rolle, dass sie schon lange untergegangen ist, und wenn dann Aoja die Sterne anschaut und ich –

Ich glaube, ich kriege einen Knoten im Hirn.

Wenn mir bloß nicht so schwindlig wäre. Und so heiß. Und mir meine Glieder nicht so wehtäten. Und mein Hals. Und wenn dieser verdammte Hustenreiz nicht wäre und das Gefühl, nicht richtig Luft zu kriegen –

Dieser Staub im Bergwerk bringt mich um, und der Korb auf meinen Schultern ist so schwer, meine Beine machen das nicht mehr mit, wenn ich nur einen Augenblick ausruhen könnte, der Drache brüllt, er hat schon wieder Feuer gespuckt, die Hitze verbrennt mich, warum tut Bastet mir das an, ich hab sie doch lieb …

Ich habe doch geschlafen. Jedenfalls sind Papa und Thorsten und Claudia aus der Stadt zurück, sie waren Einkaufen und im Kino und Pizza essen, und Thorsten rennt gleich in sein Zimmer und probiert sein neues Computerspiel aus, so eine große Weltraumschlacht. »Davon lässt du aber gefälligst deine Finger!«, sagt er zu mir.

Ich will es sowieso nicht spielen. Raumschiffe abballern ist blöd. Ich meine: Schießen, das ist doch keine Aufgabe.

Claudia hat eine neue Schultasche und eine neue Jacke und eine neue Jeans, und Mama schüttelt den Kopf und sagt zu Papa, man darf ihn nicht allein mit seiner Tochter einkaufen lassen, und Papa reibt sich das Kinn und zwinkert Claudia zu.

Claudia geht mit Mama ausprobieren, welche Sachen zu ihrer neuen Jacke passen. Papa setzt sich zu mir aufs Sofa und fragt: »Na, du armer Kranker, was wünschst du dir denn? Nachdem ich heute schon mal meine Spendierhosen anhabe! Wäre ja unfair, wenn du leer ausgehst, nur weil du die Grippe hast.«

Ich muss erst mal niesen und mir die Nase putzen und husten. Die ganze Zeit überlege ich dabei, ob ich sagen soll, ich wünsche mir ein Schlagzeug, weil ich meines ja in Atlantis zurücklassen musste. Ein Skateboard wäre auch nicht schlecht, Tim will sich eins zu Weihnachten wünschen, und es ist doof, wenn er was hat, wo ich nicht mitmachen kann. Vielleicht sollte ich mir aber lieber eine eigene Hi-Fi-Power-Station wünschen. Ich habe in meinem Zimmer nur die uralte Anlage von Thorsten, und das Kassettendeck macht dauernd Bandsalat …

Aber dann denke ich an Bastet. Und da weiß ich etwas Wichtigeres. Etwas viel Wichtigeres.

»Ich wünsche mir, dass du mir ein Versprechen gibst«, sage ich, als ich ausgehustet habe.

Papa fragt, was für ein Versprechen.

Ich muss dran denken, wie er wütend geworden ist und mich angebrüllt hat, dass er das nie wieder von mir hören will.

Ich muss schlucken. Das Schlucken tut weh. Das Luftholen auch. »Aber du darfst mich nicht gleich wieder anbrüllen!«, sage ich.

»Anbrüllen?«, wiederholt Papa und macht ein komisches Gesicht. »Also hör mal, so was tu ich doch nie! Na ja, fast nie!« Er grinst, und das sieht beinahe ein bisschen verlegen aus.

»Dann ist ja gut«, sage ich. »Ich will nämlich wissen, wo Felix ist.«

Papa schaut plötzlich ganz ernst. »Du weißt schon, dass Felix nicht zu uns zurückkommen kann?«, fragt er.

Ich nicke. »So blöd bin ich auch wieder nicht! Schließlich will ich nicht, dass Claudia wieder krank wird. Dauernd keine Luft kriegen, das hält doch kein Mensch aus. Ich will nur wissen, wo Felix jetzt ist. Und ob es ihm gut geht. Und wenn es ihm schlecht geht, wenn er nicht richtig frisst oder wenn keiner mit ihm spielt oder wenn er eingesperrt ist oder so, dann will ich, dass wir für ihn einen guten Platz finden. Wo er rauskann und Mäuse fangen. Wo er glücklich ist. Wo jemand ist, der ihn lieb hat, richtig lieb. Das sollst du mir versprechen.«

»Ja dann«, sagt Papa, »versprochen!« Er streckt mir die Hand hin und ich schlage ein. Und plötzlich muss ich heulen.

Ich heule und putze mir die Nase und niese und huste und schnäuze mich und huste noch mehr.

»Ach herrje! Dich hat's ja ordentlich erwischt«, sagt Claudia. Ich habe gar nicht gemerkt, dass sie wieder hereingekommen ist. »Da! Soll ich dir bringen!« Sie streckt mir ein Glas heißes Zitronenwasser mit Honig hin. »Mama behauptet, das wäre gut für dich. Also trink!«

Ich nehme einen Schluck. Es ist heiß und sauer, und Claudia lacht über das Gesicht, das ich ziehe.

»Lach nicht!«, sag ich. »Lies mir lieber was vor!«

Claudia steht da und schaut mich an. Als wäre das was ganz Besonderes, was ich gerade gesagt habe. Na ja, sie weiß ja auch noch nicht, dass ich wieder mit ihr rede und spiele und alles.

»Weil du's bist«, sagt sie dann, »lese ich dir mein Lieblingsbuch vor. *Die unendliche Geschichte.* Ich wollt's sowieso mal wieder lesen, obwohl ich ja eigentlich viel zu alt dafür bin.«

»Ist es dick?«, frage ich.

»Sehr dick!«, antwortet sie.

»Dann fang am besten gleich an! Damit wir fertig werden, bis ich wieder gesund bin.«

13

Das Telefon klingelt. Ich gehe nicht hin. Es ist sowieso für Claudia. Ich packe meine Flötentasche.

Heute ist wieder Donnerstag. Letzten Donnerstag war ich noch ein bisschen krank und Mama hat gesagt, ich soll in der Musikschule anrufen und mich entschuldigen. Aber jetzt bin ich ganz und gar gesund. Kein Husten. Kein Schnupfen. Kein schwindeliges Gefühl, nichts.

Sogar mit dem Schwimmtraining habe ich schon wieder angefangen. Ich kann die Flötenstunde nicht noch einmal schwänzen.

»Kai, Telefon!«, schreit Claudia.

Ich gehe hin.

Es ist Papa. Aber er sagt nicht, dass er es ist, sondern er meldet sich als der berühmte Detektiv Sherlock Holmes und sagt: »Nimm dir heute Abend nichts vor, Sohn, ich habe dir das Ergebnis meiner Ermittlungsarbeit vorzuführen.«

»Hast du etwa«, stottere ich herum, »weißt du …?«

»Ja«, sagt er, »ich habe und ich weiß. Es war ein schwieriges Stück Arbeit, aber ich habe herausgefunden, wo Felix untergekommen ist. Das Tierheim hat ihn an eine Familie vermittelt und mit denen habe ich auch schon telefoniert.

Sie scheinen nett zu sein, jedenfalls war die Frau am Telefon sehr freundlich, und als ich ihr von dir und Claudia erzählt habe, hat sie gleich zugesagt, dass wir heute Abend bei ihnen vorbeikommen dürfen und uns selbst davon überzeugen, dass es Felix gut geht.« Er macht eine Pause und fragt: »Was ist, bist du noch da, Kai?«

»Ja«, sage ich nur. Meine Beine sind auf einmal wieder so weich wie während meiner Grippe.

Papa redet weiter. »Sie haben einen Garten und wohnen am Waldrand und Felix geht es gut. Kai, du sagst ja gar nichts?«

Wie soll ich was sagen, wenn mir ein Kloß im Hals sitzt!

»Alles in Ordnung?«, fragt Papa.

»Hm«, mache ich und lege auf.

Heute Abend sehe ich Felix wieder. Zum letzten Mal.

Er ist nicht in einem Käfig eingesperrt. Er hat eine Familie und einen Garten und einen Waldrand.

An Waldrändern gibt es viele Mäuse. Und Bäume zum Klettern. Und Gestrüpp zum Erforschen. Und Sonnenstrahlen, die durch die Blätter scheinen. Und wenn es schneit, kann Felix im Neuschnee herumstapfen und Spuren machen.

Ich schau mir noch mal das Foto von Felix auf meinem Schreibtisch an und wische mir die Nase ab.

Bestimmt ist er inzwischen gewachsen. Vielleicht ist er sogar schon größer geworden als Bastet, er ist ja ein Kater.

Aber nach Sonnenstrahlen springen und seinen Schwanz fangen, das macht er sicher noch.

Ob er mich noch kennt?

Ich glaube, ich nehme ihn lieber nicht mehr auf den Arm. Es ist besser für ihn, wenn er nicht denkt, er kommt noch einmal zu uns zurück. Ich will nicht, dass er traurig ist, wenn ich wieder gehe.

Ach, Felix.

Ich stelle das Foto zurück und gehe in Claudias Zimmer. Auf ihrem Schreibtisch steht auch ein Foto von Felix. Gleich neben dem von ihrem Freund. Ich erzähle ihr alles, was Papa am Telefon gesagt hat. »Kommst du auch mit, heute Abend?«, frage ich.

Claudia schüttelt den Kopf. »Lieber nicht! Sonst geht wieder alles los mit …«

Sie redet nicht weiter. Aber plötzlich hat sie Tränen in den Augen.

»Schon klar«, sage ich schnell. »Ich erzähl dir dann alles, wie es war und wie es Felix geht.«

Claudia nickt. »Ich hab ihn doch auch lieb gehabt«, sagt sie leise. »Aber ich kann doch nichts dafür, dass ich …«

»Natürlich nicht! Ich muss jetzt in die Flötenstunde. Liest du mir nachher weiter vor?«

Die unendliche Geschichte, das ist ein tolles Buch. Zum ersten Mal höre ich von einem Jungen, dem etwas Ähnliches passiert ist wie mir: dass er in eine andere Welt gerät, in der er eine große Aufgabe hat. Ich weiß nur noch nicht, ob er wieder zurückfindet, aber ich glaube schon, weil es ja ein Buch ist. Nur bei mir, da war es kein Buch, da konnte ich echt nicht wissen, dass es gut ausgehen würde.

»Hör mal«, protestiert Claudia, »ich habe auch noch etwas anderes zu tun, als dir jeden Tag vorzulesen! Du kannst das Buch genauso gut selber zu Ende lesen, du bist doch nicht mehr krank!«

»Hast du eine Ahnung! Schwer krank!«, behaupte ich. »Außerdem hast du versprochen, mir *Die unendliche Ge-*

schichte vorzulesen, und da fehlen mindestens noch dreißig Seiten!«

»Kleine Brüder sind Quälgeister«, stöhnt Claudia. »Also bis dann! Wenn's denn sein muss!«

»Versprochen ist versprochen!«, sage ich und nehme meine Winterjacke, denn an meiner Jeansjacke fehlen noch immer die zwei Knöpfe. Mama hat mir keine neuen drangenäht, weil sie sagt, ehe sie Knöpfe kauft, soll ich gefälligst erst das Chaos in meinem Zimmer aufräumen, vielleicht finden sie sich dabei, zum Beispiel unter den Legosteinen im Erker oder in dem Haufen Krimskrams, den ich immer unter meinen Schreibtisch schiebe, damit ich nicht drüber falle. Ich habe ihr nicht erklärt, dass die Knöpfe dort gar nicht sein können, weil sie in Atlantis geblieben und mit Atlantis untergegangen sind, sonst schaut Mama mich wie-

der so blöd an und geht mit mir womöglich noch zum Arzt, weil sie fürchtet, in meinem Kopf stimmt etwas nicht. So sind sie eben, die Erwachsenen. Lesen Märchen vor, aber wenn mal eines passiert, dann glauben sie es nicht.

Ich bin ja nur froh, dass meine Jacke und meine Jeans und mein Messer auf dem Fußboden in Thorstens Zimmer gelegen haben, sonst würde ich ernsthaft Ärger kriegen. Bastet muss die Sachen aus Atlantis hierher gebeamt haben, ich habe keine Ahnung, wie, aber schließlich ist sie eine Göttin. Nur die beiden Knöpfe hat sie vergessen, auch eine Göttin kann vermutlich nicht an alles denken, und wer weiß, was Krk und der andere Mann mit meinen Knöpfen überhaupt angestellt haben, vielleicht sind sie eingeschmolzen und zu Ringen verarbeitet, und die kann man natürlich nicht mehr an eine Jacke nähen.

Ich ziehe also meine Winterjacke an. Vorsichtshalber schau ich noch mal nach, ob die Ventile in der Jackentasche sind, obwohl ich genau weiß, dass ich sie reingetan habe, und dann stecke ich die Luftpumpe in die Flötentasche und laufe los.

Es ist kalt draußen. Mein Atem macht kleine weiße Wolken.

Ich renne. Ich will rechtzeitig vor der Musikschule sein.

Ich komme an und laufe die Treppe hoch und stelle mich genau in den Eingang.

Kinder gehen raus und rein. Die Mädchen aus meiner Gruppe kommen und fragen mich, warum ich hier draußen stehe, und ich sage, ich warte noch auf jemanden und komme später nach.

Ich fasse wieder in meine Jackentasche, ob die Ventile noch da sind. Und dann schaue ich in der Flötentasche nach der Luftpumpe. Ich glaube, das mache ich schon zum hundertsten Mal oder so. Aber trotzdem muss ich immer wieder nachschauen.

Die Ventile und die Luftpumpe sind meine Lebensversicherung. Hoffe ich jedenfalls.

Schließlich habe ich mit einem Drachen geredet, und da wusste ich nicht, ob er mich nicht im nächsten Augenblick mit einem Flammenstrahl röstet wie ein Hühnchen am Bratspieß.

Trotzdem wüsste ich gern, wie man am geschicktesten mit einem Jungen redet, der mindestens drei Jahre älter ist und aussieht, als ob er Karate macht, und dessen Ventile man leider in den Gully geworfen hat.

Die ganze Woche denke ich schon darüber nach. Ich habe probiert, was ich sagen könnte. Hab es auswendig gelernt. Aber jetzt ist alles wieder weg. Ich weiß kein einziges Wort mehr.

Vielleicht kommt er ja gar nicht. Ich stehe schon mindestens eine Viertelstunde vor der Musikschule. Eigentlich müsste er längst da sein.

Vielleicht ist er krank. Hat auch die Grippe. Oder hat sich ein Bein gebrochen. Oder ist weggezogen.

Dann kann ich die Ventile und die Luftpumpe selber behalten. Sie haben mein letztes Taschengeld gekostet.

Jetzt zähle ich noch bis zehn, und wenn er dann immer noch nicht da ist, dann gehe ich rein. Schließlich fängt die Flötenstunde gleich an.

Eins – zwei – drei – vier –

Da kommt er um die Ecke. Ich erkenne ihn gleich.

Sein Fahrrad hat er nicht dabei.

Er kommt die Treppe hoch.

Wenn ich mich umdrehe und schnell in mein Klassenzimmer renne, kann ich ihm noch entwischen.

Ich habe einen Drachen geküsst. Neun Mal. Und der war viel gefährlicher als dieser Junge da.

»Hallo«, sage ich. Meine Stimme ist ein bisschen heiser. Dabei war meine Erkältung doch ganz weg.

»Hi«, sagt er und guckt. Ich merke, wie ihm etwas dämmert. Er macht einen Schritt auf mich zu. Bleibt ganz dicht vor mir stehen. Meine Nase ist auf der Höhe seines obersten Jackenknopfes. »Bist du nicht der unverschämte Knirps, der mein –«

»Ja«, sage ich schnell, »der bin ich, und es tut mir Leid, das mit den Ventilen, es war gemein, sie gleich in den Gully zu werfen, und deshalb habe ich dir neue gekauft.« Ich suche in meiner Tasche und ich finde sie nicht und mir wird ganz heiß, aber dann sind sie doch da und ich halte sie ihm hin.

Er guckt mir erst ins Gesicht und dann auf die Hand.

»Das sind die falschen«, sagt er. »Ich habe doch ein Mountainbike!«

»Ach so.« Ich habe plötzlich keine Spucke mehr. »Dann aber die Luftpumpe, ich habe dir nämlich auch eine Luftpumpe gekauft, falls dir wieder einmal so ein Kerl die Ventile rausschraubt …«

»Das ist auch die falsche«, sagt er. »Mit so einer Luftpumpe kann man doch kein Mountainbike aufpumpen!«

»Das, aber, das tut mir Leid, jetzt habe ich gar kein Geld mehr …« Ich weiß nicht weiter.

»Du bist mir vielleicht einer!« Der Junge lacht. Wirklich, er lacht. Dann kneift er mich in die Backe. Es tut ein bisschen weh, aber nicht sehr. »Nun mach dir mal nicht in die

Hosen, Kleiner«, sagt er. »Bist ja ganz weiß um die Nase! Und wenn du mal wieder jemandem die Ventile rausschrauben willst, dann such dir gefälligst einen anderen als mich, verstanden?!«

»Ja, verstanden, ich meine, das mach ich sowieso nicht noch mal ...«

»Wer's glaubt!« Er zuckt die Achseln. »Bei mir könntest du jedenfalls was erleben! Die Luftpumpe kannst du mir übrigens geben. Ich glaube, sie passt an das Fahrrad von meiner Freundin. Der ist ihre kürzlich geklaut worden.«

»Leute gibt es«, sage ich, »die scheuen auch vor nichts zurück!«

Er grinst. »Du sagst es.« Und dann nimmt er die Luftpumpe, kneift mich noch mal ein bisschen und geht in die Musikschule.

Ich stehe da und gucke bloß. Hab ich Schwein gehabt. Den Drachen zu küssen war viel schlimmer.

Trotzdem bummert mein Herz ziemlich. Auch beim Flöten ist mein Atem noch so zittrig, dass nur ganz wackelige Töne kommen, und die Lehrerin schaut mitleidig und sagt: »Kai, mit deiner Atmung ist was nicht in Ordnung. Hast du etwa Asthma?«

»Ich nicht, nur meine Schwester, aber seit wir keine Katze mehr haben, geht es ihr wieder gut«, sage ich. Und dann hole ich tief Luft und spiele, und jetzt wackeln die Töne nicht mehr.

Gabriele Beyerlein wurde 1949 in der Oberpfalz geboren und wuchs in Franken auf. Sie studierte Psychologie in Erlangen und Wien, promovierte an der Universität Erlangen-Nürnberg und arbeitete in der sozialwissenschaftlichen Forschung. Sie lebt mit ihrem Mann in Darmstadt und hat zwei inzwischen erwachsene Kinder. Aus ihrem Hobby Archäologie wurde nach und nach ihr zweiter Beruf. Seit 1987 ist sie freie Schriftstellerin. Bekannt wurde sie durch ihre historischen Abenteuerromane für Kinder und Jugendliche. Mit *Die Göttin im Stein* (Weitbrecht) legte sie 1999 ihren ersten Roman für Erwachsene vor. Auch mit *Der Schatz von Atlantis* beschreitet sie neue Wege: Es ist ihr erstes phantastisches Kinderbuch.

Das in der Geschichte beschriebene Computerspiel »Der Schatz von Atlantis« ist frei erfunden.

Beyerlein, Gabriele:
Der Schatz von Atlantis
ISBN 3 522 17313 9

Einband- und Innenillustrationen: Kathrin Treuber
Einbandtypografie: Michael Kimmerle
Schrift: New Baskerville, Rusticana
Satz: KCS GmbH, Buchholz/Hamburg
Reproduktionen: Die Repro, Tamm
Druck und Bindung: Friedrich Pustet, Regensburg

6 5 4 3 2* 00 01 02 03 04

Thienemann im Internet: www.thienemann.de

Die abenteuerliche Welt von Redwall

Brian Jacques
Mattimeo – Die Rache des Fuchses
464 Seiten, viele Illustrationen, ISBN 3 522 17142 X

Der Sklavenhändler Hühnerhund alias Slagar hat nur eines im Sinn: Rache an den friedlichen Bewohnern von Redwall für die Schmach, die sie ihm angetan haben. Deshalb will er ihnen das Liebste nehmen, das sie besitzen: ihre Kinder. Matthias und seine Freunde müssen alles daran setzen, Slagar das Handwerk zu legen.

Brian Jacques
Mariel – Das Geheimnis der Glocke
464 Seiten, viele Illustrationen, ISBN 3 522 17252 3

Die Seeratte Gabuhl ist der Schrecken der Meere. Auf einem seiner Beutezüge bringt er das Schiff von Josef und dessen Tochter Mariel in seine Gewalt, die eine riesige Glocke mit sich führen. Diese Glocke birgt ein Geheimnis – doch Josef weigert sich standhaft, es preiszugeben. Dafür sollen seine Tochter und er mit dem Leben büßen. Doch Mariel entkommt und sucht Zuflucht in der Abtei von Redwall.

Brian Jacques
Salamandastron – Die Jagd nach dem Schatz
464 Seiten, viele Illustrationen, ISBN 3 522 17253 1

Farran, der schwarze Fuchs, schleicht durch die Gewölbe der Festung Salamandastron, um die Vorräte der Bewohner zu vergiften. Sein Auftraggeber ist Fehrago, kaltblütiger Anführer einer Wieseltruppe, dem jedes Mittel recht ist, um den Schatz von Salamandastron in seinen Besitz zu bringen. Doch hat er die Rechnung ohne Mara gemacht, die mutige Tochter des Herrschers von Salamandastron ...